Frontera

Jordi Sierra i Fabra

Frontera

Notas y prólogo
de
Raquel Romero Zafra

Ernst Klett Sprachen
Stuttgart

1. Auflage 5 4 3 2 | 2015 14 13 12

Internetadresse: www.klett.de / www.lektueren.com

Herausgeberin der Reihe *Literatura juvenil*: Dr. Andrea Rössler

Redaktion: Marcelo Rodríguez
Layoutkonzeption: Elmar Feuerbach
Gestaltung und Satz: Satzkasten, Stuttgart
Umschlaggestaltung: Sandra Vrabec
Titelbild: Thinkstock (Hemera), München
Bild S. 164 © Jordi Sierra i Fabra, Barcelona
Druck und Bindung: AZ Druck und Datentechnik GmbH, Heisinger Straße 16, 87437 Kempten/Allgäu

Printed in Germany

ISBN 978-3-12-535680-1

9 783125 356801

Índice

Prólogo

Jordi Sierra i Fabra (Barcelona, 1947) es uno de los escritores más leídos y prolíficos de España, con más de 400 obras publicadas. La mayoría de sus novelas y relatos están dirigidos al público infantil y juvenil, pero también es conocido por sus novelas policiacas o por haber participado en publicaciones musicales de gran relevancia en España, como la revista *Disco Expres* o *Super Pop.* Su afición por la música ha quedado patente no sólo en sus novelas, sino también en sus enciclopedias musicales, las cuales lo han consolidado como uno de los grandes especialistas en música pop y rock en España.

Este polifacético escritor descubrió siendo muy pequeño su pasión por la lectura y la escritura y con tan sólo 12 años escribió su primera novela. A pesar de la oposición de su padre a que siguiera escribiendo, no cejó en su empeño y siguió luchando por su sueño. Sin duda esta experiencia le marcaría en su vida, ya que en el año 2006 decidió crear la *Fundació Jordi Sierra i Fabra,* la cual ayuda a que muchos jóvenes de España y Latinoamérica puedan hacer realidad su sueño de ser escritores. Para ello la fundación otorga un premio literario que consiste en la publicación de la obra del joven ganador en una importante editorial española. Ese mismo año también se inauguró en Medellín, Colombia, la *Fundación Taller de Letras Jordi Sierra i Fabra,* que ayuda a fomentar la lectura, a estimular la creación literaria y a mejorar la vida cultural de los niños y jóvenes latinoamericanos. En el año 2010 fue reconocida la maravillosa labor de la fundación otorgándosele el prestigioso premio IBBY-ASAHI, un galardón que se concede a proyectos culturales internacionales.

El escritor catalán ha recibido a lo largo de su carrera numerosos premios y menciones especiales por sus obras literarias. Entre los más importantes cabe destacar el Premio Nacional de Literatura Infantil y Juvenil que recibió en el año 2007 por su obra *Kafka y la muñeca viajera.*

Su novela *Frontera* (2003) está basada en hechos reales, ya que el autor se apoya en titulares y artículos periodísticos aparecidos en los principales periódicos de España. En esta emocionante novela se nos cuenta la historia de Amina, una adolescente de 14 años de origen marroquí, que un día decide fugarse de su casa, rebelándose de este modo contra sus padres y contra unas costumbres arcaicas que atentan contra los derechos fundamentales del ser humano. Amina luchará hasta el final de la novela por alcanzar su libertad. En esta obra el autor también nos acerca a temas como el amor verdadero, la amistad o los enfrentamientos culturales.

La convivencia entre diferentes culturas es un tema vigente en nuestra sociedad multicultural. Tanto España como Alemania son países que conviven con emigrantes de cultura musulmana y, en algunos casos, la incomprensión de ambas partes provoca, desgraciadamente, comportamientos racistas o ideas xenófobas. Desde el comienzo de la novela, con la cita de Carlos Fuentes, ya se está apuntando al desconocimiento y al individualismo del ser humano, como consecuencia de la ausencia de diálogo y de la violencia. A través de los personajes del libro *Frontera* Jordi Sierra i Fabra pone de relieve esta sociedad y da pie a la reflexión y al debate.

La variedad y la actualidad de la temática de *Frontera,* su lenguaje sincero y directo y la vivacidad de los diálogos harán que la historia atrape al lector hasta la última página. La novela está impregnada de giros idiomáticos, expresiones coloquiales y conceptos de la cultura árabe que enriquecerán el vocabulario del estudiante de Secundaria y Bachillerato y le acercarán un poco más a esta cultura. El lector de *Frontera* se enfrentará con esta obra al reto de leer un texto literario original en español. Sin embargo, las anotaciones de vocabulario hechas en la obra y las explicaciones de los conceptos culturales son claras y precisas, lo que sin duda ayudará al estudiante a disfrutar libremente de la novela sin necesidad de interrumpir la lectura.

Invito al lector a que después de la lectura de *Frontera* entre en el Foro Oficial de Jordi Sierra i Fabra, www.elforo.de/forofocialjsif y que participe en las discusiones sobre la obra con otros lectores, le exprese su opinión al autor, le haga alguna pregunta o descubra otras de sus obras.

Raquel Romero Zafra

Todos los horrores del mundo
vienen de la incapacidad
para imaginar a los demás.

Carlos Fuentes

1 Domingo por la noche

Había algo en los domingos que no le gustaba.

Los viernes existía la emoción del fin de semana, la promesa de dos días sin clases, la posible salida nocturna, aunque fuese para regresar temprano, a una hora que sus padres consideraban "decente" y "tolerable" para su edad. Los sábados equivalían a todo un día fantástico por delante, múltiples opciones, amigos, alguna clase de marcha, planeada o improvisada, fiesta, reunión, lo que fuera; y de nuevo la posibilidad de otra escapada hasta una "hora decente", sin problemas. Pero los domingos… Ese era el día en que todas sus amigas tenían cosas que hacer, lo mismo que ella. Cosas pueriles, extravagantes, estúpidas y nada productivas, por supuesto. El día de arreglar su habitación "para dejarla en condiciones de cara a la semana siguiente", de hacer visitas o recibirlas, comer en casa de la abuela –cita ineludible–, ir al cine, con suerte, porque no quedaba mucho más, y, como guinda, "prepararse" para la próxima semana, en palabras de su madre. El agobio final llegaba al pensar en el consabido y espantoso lunes, y hacer todo lo pendiente si es que había algo pendiente –¡y siempre lo había!–, con lo cual el aburrimiento y la desesperación acababan por apoderarse de su ánimo.

Odiaba los domingos, salvo los de verano.

Estefanía miró sus "casi quince años" en el espejo del baño.

No estaba mal, pero tampoco estaba bien. No estaba del todo bien, pero tampoco estaba del todo mal. O sea, que ni sí ni no. Más aún: indefinición total. Claro que eso iba en gustos. Cada cual tenía los suyos y el término medio era bastante amplio, una distancia equidistante entre el Todo y la Nada. Su amiga Berta la encontraba guapa. En cambio, Ismael, justo Ismael, ni la miraba, todo lo contrario que Jonathan. Ojalá fuese Ismael, y no Berta y Jonathan, quien la encontrase guapa e irresistible.

Lo de los "casi quince años" sí que era un mosqueo.

¿Cuánto tiempo llevaba anclada en los catorce?

4 **nocturno** por la noche – 5 **aunque + SUBJ** auch wenn – 10 **una escapada** *aquí:* salir para divertirse – 13 **pueril** *aquí:* sin importancia – 14 **arreglar** *aquí:* ordenar, limpiar – 15 **de cara a** *aquí:* gegenüber – 16 **ineludible** que no se puede evitar – 18 **una guinda** *Esp fig y fam* Gipfel, Höhe – 19 **un agobio** estrés – 20 **espantoso** horrible – 20 **pendiente** no terminado – 23 **salvo** a excepción de – 24 **un espejo** Spiegel – 29 **equidistante** que está a la misma distancia de dos cosas – 33 **un mosqueo** *Esp fam y fig aquí:* enfado, molesto – 34 **anclado** *fig* parado, sin moverse

¿Y cuánto se pasaría detenida en los quince, y luego en los dieciséis…? ¿Es que el tiempo no pasaba nunca? No entendía cómo sus padres se quejaban constantemente de que "ya volviese a ser Navidad" o de que "tuvieran encima de nuevo el verano". Según ellos, el tiempo iba tan rápido que ni se enteraban. En cambio, su tiempo, su maldito tiempo…

Algo no encajaba. Sus relojes vitales no iban sincronizados.

Estefanía siguió observándose en el espejo del cuarto de baño.

Cabello largo hasta por encima de los hombros, nariz redondita, ojos grandes, cejas excesivamente pobladas para su gusto, frente ancha, labios sonrosados –"demasiado" sonrosados–, barbilla roma. Y de los dientes, mejor no hablar. No tenía dientes. Lo suyo era una espantosa ortodoncia, símil entre proyecto de robot y ente humano reconstituido, detrás de la cual se escondían sus dos hileras de presuntos dientes, invisibles. Cuando sonreía –es decir, cuando no podía más, se olvidaba o se veía obligada a hacerlo–, lo único que le faltaba era que sus ojos despidieran chispas y ella misma se moviera igual que una máquina.

Por debajo de la barbilla, mejor ni miraba.

Aquello estaba quieto, detenido, paralizado.

No muy alta, no muy delgada, no muy gruesa, no mucho pecho, no mucha cadera, no mucho de nada y aún menos de poco.

Ella.

Soltó un bufido de angustia, se apartó del espejo del baño y regresó a su habitación.

No se metió en la cama. No tenía sueño. Se sentó en el banco formado por el hueco de la ventana, con la espalda apoyada a un lado y los pies asentados en el otro, como solía hacer siempre que la invadían los crepúsculos y las nostalgias, los aburrimientos y las reflexiones, y por entre las ramas de su árbol contempló la noche, estrellada, magnífica, remanso de paz en la distancia. El pueblo, el casco antiguo, quedaba un

1 **detenido** *aquí:* anclado, con la sensación de que el tiempo no pasa – 4 **tener encima** *fig* estar cerca – 10 **el cabello** el pelo – 11 **una ceja** pelo que está sobre del ojo – 11 **poblado** *aquí:* con mucho pelo – 13 **romo** stumpf – 14 **una ortodoncia** aparato que corrige un problema en los dientes – 16 **presunto** que se supone – 19 **despedir** *aquí:* salir – 23 **grueso** ≠ delgado, fino – 24 **una cadera** Hüfte – 27 **soltar un bufido** *fig y fam* sonido para expresar un sentimiento – 27 **apartarse** ponerse a un lado – 30 **un hueco** espacio vacío – 31 **apoyado** que está en contacto con uc – 31 **soler + INF** hacer uc con frecuencia – 32 **un crepúsculo** *fig aquí:* decadencia de up – 33 **una rama** brazo de un árbol – 34 **un remanso de paz** tranquilidad – 35 **un casco antiguo** parte más antigua de una ciudad

poco por debajo de su horizonte inmediato, a unos quinientos metros. La iglesia estaba iluminada, y las edificaciones más viejas recibían su destello con irisaciones ocres. Tejas, piedras, el recio señorío de otros tiempos, ya perdidos, y poco más. O, por lo menos, a ella así se lo parecía. El otro pueblo, el que se extendía a norte y sur, este y oeste, significaba el crecimiento, la expansión, la locura sin freno. En poco más de veinte años habían multiplicado por diez el número de habitantes. Ir a la ciudad ya no representaba una aventura, porque ahora la variante de la carretera, el enlace con la autopista y hasta el tren superrápido lo habían convertido todo en casi un suspiro. Estaba segura de que en unos años la ciudad, creciendo imparable, llegaría hasta allí y se los comería. Serían un barrio. Los colonizarían.

Pero de momento los que crecían eran ellos.

Su casa, por ejemplo, estaba en "las afueras", pero no se trataba de un suburbio de construcciones baratas del sur, o un barrio destinado a los numerosos emigrantes que llenaban las tierras abiertas del oeste, sino "las afueras" más o menos urbanizadas del este, con avenidas que se encaramaban por la colina arbolada, construcciones ajardinadas de dos plantas, alguna piscina –que no era su caso– y cierta clase media, pero clase al fin y al cabo. No eran ricos. Casi nadie lo era por allí. Pero en el pueblo llamaban "el Jollyvú" a las urbanizaciones de nuevo cuño surgidas por allí en la última década, en una clara referencia al Hollywood donde anidaban los sueños en forma de películas y vivían las estrellas. Su padre, por ejemplo, trabajaba en la inmobiliaria. Su madre lo hacía en la tienda de electrodomésticos de su hermana, que sí podía considerarse rica, y su hermano mayor, Eduardo, de dieciocho años, todavía estudiaba.

Su habitación estaba en el segundo piso y daba a un lateral. Por encima quedaba un generoso desván en el que metieron todos los muebles de su anterior piso y los del piso de la otra abuela, la madre de su madre, después de su muerte. Nadie

3 **un destello** luz intensa de corta duración – 3 **una teja** Dachziegel – 4 **recio** duro, rudo – 7 **sin freno** *fig* sin control – 11 **un suspiro** *fig aquí:* acción muy rápida – 16 **las afueras** *pl* alrededores de una ciudad o pueblo – 17 **un suburbio** barrio a las afueras de una ciudad – 20 **encaramarse** *fig* subirse o levantarse – 21 **una colina** montaña pequeña – 21 **ajardinado** con vegetación – 23 **al fin y al cabo** finalmente – 24 **Jollyvú** pronunciación española de Hollywood – 24 **una urbanización** colonia de casas – 25 **de nuevo cuño** nuevo, reciente – 26 **anidar** vivir o habitar en un lugar – 33 **un desván** habitación en la parte más alta de una casa para dejar objetos que no se utilizan

entraba allí arriba, por el polvo y la posible presencia de bichos de cuatro patas; excepto ella misma, cuando quería ocultarse del mundo. Todavía quedaban tesoros por descubrir, cajones por abrir, arcones por explorar, aunque no tenía prisa. Prefería saber que todavía existían misterios en alguna parte.

Allí arriba, tan cerca de ella, a solo unos pasos.

En lo único que su vida se parecía a una película era en que tenía un árbol espléndido frente a la ventana. Espléndido porque era fácil saltar a una de sus ramas y deslizarse hasta el suelo, o viceversa, no porque fuera muy frondoso, todo lo contrario. Sus padres ya le tenían prohibido intentarlo alegando que si se caía se quedaría paralítica en una silla de ruedas y asegurándole que, de saber que lo hacía, la cambiarían de habitación. Estefanía pensaba que, de momento, no era necesario, pero quizás con el tiempo, uno o dos años…

Alguna escapada tendría que hacer, ¿no?

Sonrió con malicia.

Luego suspiró y volvió a quedarse seria.

Si algún día lo hacía, si tenía algo emocionante por lo que escaparse de noche…

De nuevo sus "casi quince años".

A su vida no le sucedía nada interesante.

A su vida no le sucedería nada interesante.

Aquella semana, la profesora de lengua les había hecho reflexionar sobre sí mismos y su entorno. Padres, casa, el pueblo como nexo, la capital como mundo cercano y a la vez lejano a modo de referencia vital, familia, amigos, sentimientos. Había preguntas del tipo: «¿Eres feliz?», «¿Qué es para ti la felicidad?», «¿Te sientes satisfecha de tu presente?», «¿Qué esperas del futuro?», y otras parecidas. Para ella, había sido la primera vez que se enfrentaba a cuestiones casi filosóficas. La vida era una cosa que pasaba, en eso se resumía todo. Llegó a escribir que se sentía quieta, como aquel deshojado árbol frente a su ventana, mientras el mundo entero se movía a su alrededor.

¿Era feliz? Estaba sana, sus padres vivían juntos y felices, no les faltaba trabajo ni comida. Así que era feliz si es que

1 **el polvo** Staub – 1 **un bicho** *despect* animal – 2 **una pata** la pierna de un animal – 2 **ocultarse de** esconderse, no querer ser visto – 3 **un cajón** Schublade – 4 **un arcón** Truhe – 8 **espléndido** espectacular – 9 **deslizarse** moverse por una superficie – 10 **viceversa** al contrario – 10 **frondoso** que tiene muchas hojas y ramas – 16 **una escapada** irse en secreto – 18 **suspirar** respirar con fuerza (seufzen) – 25 **reflexionar** pensar mucho en una idea – 25 **un entorno** lo que rodea – 26 **un nexo** relacionar una cosa con otra – 33 **quieto** ≠ movido – 33 **deshojado** sin hojas

esto equivalía a la felicidad. ¿Se sentía satisfecha...? No. En absoluto. Pero escribirlo en un trabajo escolar que iba a leer la profesora y, a lo peor, alguien más...

Maldita adolescencia...

Sus pensamientos quedaron interrumpidos por aquel roce.

Y luego, la voz.

—¡Estefanía!

No había sido un grito, sino un susurro, pero un susurro lo suficientemente alto como para que pudiera escucharlo de forma audible.

Miró hacia abajo.

Y la vio.

Amina, su amiga Amina, la única chica marroquí de su clase, aunque hubiese muchas familias de esa nacionalidad en el pueblo.

—¿Qué haces aquí a estas horas? –le preguntó sacando medio cuerpo fuera de la ventana.

Amina ya estaba subiendo por el árbol.

Estefanía se quedó aún más desconcertada.

Miró hacia el interior de su habitación, como si de pronto su padre o su madre pudieran materializarse allí y sorprenderlas. Si eso llegaba a suceder, se la cargaría como si fuese culpa suya. Pero no sucedió nada de eso y Amina acabó de trepar ágilmente hasta la rama, desde la cual se podía alcanzar la ventana sin problemas. La ayudó y, en el momento en que la chica tuvo los pies sobre el suelo firme, sucedieron dos cosas.

La primera: que Amina la abrazó fuerte, muy fuerte.

La segunda: que se echó a llorar.

—¿Pero qué...? –trató de decir Estefanía.

La sorpresa definitiva estalló cuando entre sus lágrimas, cargadas de sentimientos, la aparecida logró decirle:

—Me he escapado... de mi casa... Por favor... por favor, Estefanía... ayúdame.

4 **maldito** verflucht – 5 **interrumpido** que se para temporalmente – 5 **un roce** un contacto ligero y breve, *aquí:* pensamiento – 8 **un susurro** hablar muy bajo – 13 **marroquí** persona de Marruecos – 16 **a estas horas** *loc* tan tarde – 19 **desconcertado** verblüfft – 21 **sorprender a up** descubrir – 22 **cargársela** *Esp fam* echar la bronca a up (jmdn zurechtweisen) – 23 **trepar** subir a un lugar alto con la ayuda de los pies y las manos – 24 **ágilmente** que se mueve con facilidad – 26 **firme** estable – 27 **abrazar** → abrazo – 30 **estallar** explotar – 30 **una lágrima** gota de agua que sale de los ojos – 31 **una aparecida** → aparecer

2 Domingo por la noche

Amina tenía su misma edad, se llevaban apenas unas semanas. La conocía desde prácticamente su etapa de párvulos, unos diez años, tal vez menos porque ya ni se acordaba. Hablaba castellano con la corrección del hábito, y aunque no compartían más que el instituto, porque a ella no la dejaban salir nunca de casa los fines de semana, eran amigas, siempre lo fueron. Estefanía nunca le prestó atención al hecho de que ella fuera de Marruecos, salvo por dos detalles: la imagen y lo que ella creía que era falta de libertad de su compañera. La imagen era ya habitual, el *hiyab,* el pañuelo blanco en la cabeza, y una única túnica de pies a cabeza. Siempre la misma ropa. La falta de libertad, a su juicio, se debía precisamente a las costumbres que la obligaban a quedarse en casa para cuidar de su madre y de sus hermanos pequeños. Más de una vez lo había discutido con sus padres, y ellos solían decirle:

«Las costumbres y las religiones separan más que la propia naturaleza de las personas, hija».

No era mucho, más bien nada.

Sin embargo, Estefanía había aprendido a respetar tanto los silencios como las escasas confesiones de su compañera. Poco a poco, había sido consciente de que las separaban pequeños mundos que, a veces, se convertían en grandes espacios. Mundos basados en tradiciones, creencias, reglas. Nunca les importaron, aunque a medida que crecían se hicieron evidentes en casi todo.

Amina era muy guapa, con su tez un poco más oscura, los ojos tan enormes que el blanco que orlaba la pupila se convertían en una luna llena bajo el eclipse de un diminuto planeta, los labios finamente dibujados, una sonrisa contagiosa y limpia. Y además era condenadamente inteligente, de las mejores de clase en casi todo.

La misma Amina que ahora la apretaba contra sí, rompiéndose desconsolada en cada suspiro.

3 **los párvulos** *Esp pl* la guardería – 5 **un hábito** costumbre – 11 **un pañuelo** Tuch – 13 **a su juicio** *loc* en su opinión – 21 **escaso** poco – 21 **una confesión** contar a up los sentimientos íntimos o ideas – 21 **poco a poco** *loc* progresivamente – 22 *ser* **consciente de uc** darse cuenta de uc – 25 **a medida que** mientras que – 26 **evidente** claro, cierto – 27 **una tez** color de la piel – 28 **orlar** säumen – 30 **contagioso** que se transmite fácilmente – 31 **condenadamente** *inteligente aquí:* muy inteligente – 34 **desconsolado** con carácter melancólico, triste

—¿Qué te pasa? –trató de calmarla Estefanía.

Le costó hacerla reaccionar. Era imposible.

Dos veces intentó Amina serenarse y hablar, y las dos fracasó para volver a quebrarse como un cuerpo sin vida. Estefanía tuvo que darle un pañuelo, pero ni así consiguió que ella la soltase. Se aferraba a su mano igual que un náufrago a la tabla que iba a permitirle mantenerse a flote. Logró hacer que se sentara en la cama, aunque temiendo a cada momento que su padre o su madre entraran y las sorprendieran.

—Déjame quedarme… arriba –señaló Amina con su dedo índice–. No haré ruido, te lo prometo. Estaré muy callada. Por favor…

—¿Pero qué es esa tontería de que te has escapado de tu casa?

—Tú no sabes –bajó la cabeza y hundió sus ojos en el suelo.

Más que miedo, lo que percibió Estefanía fue… vergüenza.

—¿Vas a contármelo?

Amina asintió un par de veces de forma discreta, pero siguió callada.

—¿Tiene que ver con lo de esta última semana? –la alentó Estefanía–. Has estado muy callada, no has hablado con nadie, y hasta casi consigues que te suspendan el otro día, ¡tú! –quiso bromear sin éxito.

—No quiero irme –susurró ella.

—¿Irte? ¿Adónde?

—A Marruecos.

—¿A ver a tu abuela?

—A casarme con él.

Estefanía se quedó muda durante uno o dos segundos, el tiempo suficiente para que Amina levantara por fin la cabeza y la mirara a los ojos. Lo que vio en ellos fue un abismo, un pozo sin fin en el que su amiga se perdía.

Entendió que siguiera aferrada a su mano.

—¿Vas a casarte? –logró formular la pregunta.

1 **tratar de + INF** intentar – 1 **calmar** tranquilizar – 3 **serenarse** tranquilizarse – 3 **fracasar** ≠ triunfar – 4 **quebrarse** romperse uc – 6 **soltar** ≠ coger (*Esp*) – 6 **aferrarse** *aquí:* coger (*Esp*) con fuerza – 6 **un náufrago** Schiffbrüchiger – 7 **mantenerse a flote** *loc* no irse al fondo del mar – 11 *dedo* **índice** dedo con el que se indica – 13 **una tontería** uc sin sentido – 15 **hundir** *los ojos fig aquí*: mirar hacia abajo – 20 **tener que ver** tener relación con uc – 23 **bromear** decir uc divertida, graciosa – 29 **quedarse muda** *fig* no poder hablar – 31 *ver en sus ojos* **un abismo** *fig* la desesperación – 31 **un pozo sin fin** *fig* Fass ohne Boden

—Mis padres han concertado mi matrimonio con un hombre de nuestro pueblo.

Costumbres. Costumbres. Sabía que existían, que eran normales. Y sin embargo, una cosa era conocerlas, tratar de respetarlas, y otra muy distinta que aquello le sucediese a alguien a quien conocía y quería, y que a tenor de sus lágrimas no parecía en absoluto feliz.

—¿Le conoces? –preguntó.

—No, nunca le he visto, o al menos, cuando fuimos allí hace dos años, no lo recuerdo. Tiene cincuenta años y me han dicho que enviudó hace poco.

—¿Qué?

—Estefanía, por favor… –volvió a llorar Amina.

La abrazó. Fue lo único que se le ocurrió hacer. Abrazarla muy fuerte. Se imaginó a sí misma obligada a marcharse de allí, para ser entregada en brazos de un hombre desconocido… de cincuenta años. Se estremeció de horror. Toda su vida cambiada de un plumazo.

—Pero… no pueden hacerte esto –musitó angustiada.

—Sí, sí pueden –escuchó gemir a Amina desde casi el fondo de su pecho–. A mi hermana mayor la casaron según la tradición, hace ya siete años. Soy marroquí y mis padres…

—No, ahora eres española –la detuvo Estefanía.

—Cada cual es del lugar al que pertenece –negó ella.

—¡Pero llevas aquí la tira de tiempo, ya estás hecha a esto! –abrió unos ojos como platos–. ¿Y tus estudios? ¡Quieres ser abogada! ¡Y escritora!

—Mis padres no saben eso –le reveló–. Quería ser escritora para contar historias; y abogada, precisamente, para ayudar a cambiar las cosas, para ayudar a las mujeres árabes a ganar su propia libertad. Por alguna extraña razón, pensaba que después de tantos años me dejarían seguir aquí, que a mí no me obligarían, como a mi hermana mayor. Pero ahora…

Estefanía recordó sus pensamientos de unos minutos antes. Sus "problemas" y tribulaciones. De pronto se le antojaban estúpidos. Problemas de una chica con todo lo que necesitaba,

1 **concertar** hacer una negociación – 6 **a tenor** *loc* según – 11 **enviudar** cuando se muere el marido o la mujer en un matrimonio – 17 **estremecerse** sentir temor o intranquilidad – 18 **de un plumazo** *loc* de pronto – 19 **musitar** susurrar – 20 **gemir** sonido que expresa dolor, pena – 24 **cada cual** todas las personas – 25 **la tira** *fam* mucho – 25 **estar hecho a uc** estar acostumbrado a uc – 26 **ojos como platos** *fig* abrir mucho los ojos – 27 **un abogado** up que estudia la ley para defender a otras personas – 28 **revelar uc a up** decir up una información que sabe – 35 **una tribulación** preocupación o problema grave – 35 **antojarse** *aquí:* parecer (scheinen)

frustrada con algo para sentirse en la necesidad de protestar y ejercer el derecho innato a la rebeldía.

Aquello era distinto.

Tan distinto…

—Todo saldrá bien, Amina. Todo saldrá bien –le acarició la espalda.

—No, no saldrá bien.

—Te has escapado para que así sea.

—No sé… –se ahogó en sus lágrimas–. No sé por qué me he escapado. No lo sé. Ayer me dijeron que recogiera mis cosas, que esta misma semana… Hoy el mundo se ha hundido bajo mis pies. No he podido, ¡no lograba acostumbrarme! Quería irme lejos, muy lejos, pero lo único que se me ha ocurrido ha sido venir aquí. ¿Adonde iba a ir? Se me ve enseguida, con esta ropa, y sola. Me habrían detenido… He recordado ese desván tuyo y…

—¿Y qué harás aquí?

—¡No lo sé! –repitió Amina–. ¡Solo puedo confiar en ti!

Le gustó oírselo decir.

—Sea como sea, no puedes quedarte aquí toda la vida.

—Quiero que mis padres reflexionen. Puede que baste y que así entiendan… –su rostro se dulcificó ligeramente–. Yo les quiero, ¿sabes? Mi padre lo pasó muy mal emigrando de Marruecos, viniendo a España, trabajando como un esclavo. Los primeros años solo iba a casa un tiempo en verano, embarazaba a mi madre y se volvía aquí. Cuando se quedó, poco a poco nos hizo venir, a mí y a mis hermanos. Legalmente. Ahora estamos bien, hemos prosperado, pero tú le has visto alguna vez. Sigue siendo lo que siempre fue. Nunca será español. Él es marroquí, como todos nosotros.

—Pero tú ahora eres más española que marroquí.

—Yo siento eso, pero él no.

—No se puede darle dientes a quien no los tiene y luego pedirle que solo coma sopas –se enfadó Estefanía.

La hizo reír.

—¿Qué has dicho?

—Nada, ven, vamos –la ayudó a levantarse–. Si mis padres entran y te ven, se armará la gorda. Hay que llegar arriba sin

2 **innato** angeboren – 11 **hundirse** *el mundo fam* ocurrir una catástrofe – 20 **sea como sea** wie dem auch sei – 21 **bastar** ser suficente – 26 **embarazar** → embarazada (schwanger) – 28 **prosperar** mejorar económicamente – 33 **dar dientes a quien no los tiene y luego pedirle que sólo coma sopas** dar uc a up y no dejar que la utilice – 38 **armarse la gorda** *fam* aparecer muchos problemas

que te descubran. Una vez en el desván, estarás a salvo. Nadie sube nunca salvo yo.

—Estefanía.

—¿Qué?

—Soy una tonta, ¿verdad?

—No, ¿por qué?

—Porque no puedo hacer nada –dijo con tristeza–. Me castigarán y me enviarán allá igualmente.

—No vamos a consentirlo –se empeñó ella–. Ha ocurrido otras veces, ¿recuerdas? Nunca lo hemos comentado, pero… Sé que ha habido casos.

—¿Y qué?

—No lo sé –no fue una rendición, solo cansancio–. Ahora estamos un poco… nerviosas, desbordadas. Vamos a ver qué pasa, ¿vale?

—Vale.

Le gustaba aquella expresión. La pronunciaba con una mezcla de picardía y agudeza que sonaba distinta en sus labios, como si se comiera la "a". Estefanía llegó a la puerta de su habitación y aplicó el oído a la madera. No escuchó nada. El acceso al desván estaba justo enfrente de su habitación.

Amina la detuvo por última vez.

—Estefanía…

—Te subiré comida cuando todos duerman, tranquila.

—No es eso –la obligó a mirarla para ser más vehemente–. No dirás nada a nadie, ¿verdad? Nada, ni en el instituto.

—No.

—Por favor…

Era un lío. Un espantoso lío de mil demonios. Y cuando la cosa explotase, que explotaría, sus padres le montarían un cirio de espanto. Pero no iba a dejarla en la estacada. Eso jamás. A veces, la vida tenía un sentido.

Algo que obligaba a apretar los puños y tirar para adelante, embistiendo contra todo.

—Te lo juro, Amina. Confía en mí –dijo Estefanía.

8 **castigar** → castigo – 9 **consentir uc a up** permitir – 13 **una rendición** no luchar más por uc – 14 *estar* **desbordado** *fig fam* tener estrés por una situación límite – 18 **la picardía** decir uc con gracia y de forma ingeniosa (Schlauheit) – 19 **comerse** *fig aquí:* no pronunciar una palabra – 20 **aplicar el oído** *fig* escuchar con atención – 21 **un acceso** entrada – 29 **un lío** situación o problema difícil de entender – 29 **de mil demonios** *fam* muy grande – 30 **montar un cirio a up** *loc fam* echar la bronca a up – 31 **dejar a up en la estacada** *loc* no ayudar a up en una situación difícil – 32 **tener sentido** *loc* significar – 33 **apretar los puños** cerrar las manos con fuerza – 34 **embestir contra** colisionar contra uc o up

3 Lunes por la mañana

Apenas pudo conciliar el sueño por los nervios, por el hecho de saber que allí, encima de su cabeza, estaba una persona que conocía, asustada, hecha un mar de lágrimas y rota, emocionalmente destruida. Para Amina, su mundo acababa de terminar. Cuando logró cerrar los ojos y dormir, tuvo pesadillas y sobresaltos. Soñó que la obligaban a casarse con el padre de Ismael, así que se convertía en su madrastra y luego Ismael se casaba con Amina, enamorado y feliz, mientras que Berta lo hacía con Jonathan, destrozado por haberla perdido a ella. Fue espantoso.

Por la mañana, su madre tuvo que llamarla a gritos. Abrió los ojos aturdida, espesa, hasta que recordar la situación la hizo saltar de la cama. Era tarde. Y tenía que lavarse, vestirse, desayunar… y subirle algo a Amina antes de correr hacia el instituto. Lo consiguió a duras penas, pero tuvo que pegar los talones al trasero en una larga carrera para llegar justo a tiempo de meterse en clase, jadeando y congestionada.

El sitio de Amina, vacío, le pareció tan evidente que…

Cuando llevó al desván un poco de pan, leche y embutido en un plato, se encontró con su refugiada dormida en la vieja cama que había sido de la abuela. No la despertó. Si a ella le había costado dormir, se imaginó que Amina habría pasado la noche poco menos que en vela, hasta caer agotada casi al salir el sol. La contempló un momento y se sintió paralizada. Había dormido vestida y lo único que se había quitado era el pañuelo. Se daba cuenta de que era la primera vez que la veía sin él. Aún era más guapa; y, dormida, aquella sensación de paz y belleza que irradiaba se multiplicaba por mil. Sus facciones tenían un algo de princesa bereber, como en las películas. El cabello era negro y espeso. Un cabello precioso con el que inventarse mil y un peinados. Un cabello que siempre ocultaba, lo mismo que su cuerpo. Estefanía se dio cuenta de otro detalle en el que

2 **conciliar el sueño** *loc* conseguir dormir – 7 **un sobresalto** susto – 8 **madrastra** mujer del padre pero no la madre auténtica de los hijos – 10 **destrozado** →destrucción →destruir – 13 **aturdido** confundido, confuso – 14 **saltar de la cama** levantarse rápidamente de la cama – 16 **a duras penas** con dificultad – 16 **pegar los talones al trasero** *loc* correr mucho – 17 **una carrera** acción de correr – 17 **justo** exactamente – 18 **jadear** respirar con dificultad – 20 **un embutido** Wurst – 21 **un refugiado** persona exiliada a la que se protege – 24 **en vela** *loc* sin dormir – 24 **agotado** sin fuerzas – 29 **irradiar** transmitir, comunicar – 29 **unas facciones** *pl* partes de la cara – 30 **un bereber** *mf* up de un pueblo del norte de África – 31 *el cabello* **espeso** *aquí:* que tiene mucho pelo – 32 **un peinado** diferentes formas de arreglar el pelo

jamás había pensado: no sabía si su compañera estaba delgada o era gorda. No tenía ni idea. En el instituto la dispensaban de hacer gimnasia por expreso deseo de su padre.

Sí, todo un mundo desconocido.

Le dejó el plato junto a la cama y se marchó. Cuando estaba ya en plena carrera, recordó que los embutidos procedían del cerdo y que los árabes no podían comer cerdo. ¿O sí? ¿O era determinados días? ¿O… o qué?

Ni idea.

Estaban juntos pero separados, juntos pero no mezclados, juntos pero bajo distancias imposibles de ser salvadas. No se conocían nada. Y si no se conocían, ¿cómo iban a entenderse?

Aquello era de locos.

Estefanía comprendía, de pronto, que nunca pensó en palabras como racismo o integración, como Dios o Alá, como aquí o allá. Nunca le dio importancia, porque de momento, en su mundo, no la tenía. La primera vez que le había dado por pensar, reflexionar en determinadas cosas y aspectos de su entorno, fue cuando un escritor fue a darles una charla y, entre las muchas frases que anotaron para luego analizarlas, dijo una que a ella sí la impactó:

«Cada persona lleva una frontera dentro y fuera de sí, y vivimos amparados por las dos, solos».

Fronteras.

Ella, que siempre se sintió sola, rara, diferente y especial, aunque le daba vergüenza decirlo o reconocerlo, supo entender perfectamente el sentido que aquella palabra adquiría en sí misma.

Fronteras.

¿Qué sabía de sus padres, de sus ideas, de sus pensamientos, si nunca se lo preguntó ni le apetecía escuchar sus historias cuando se ponían a recordar? ¿Qué sabía de su hermano mayor? ¿Qué sabía de su familia, separada durante aquella guerra "prehistórica" del siglo pasado? ¿Qué sabía de su abuela viva o de su abuela muerta?

Fronteras.

La presencia de Amina la acababa de convulsionar.

De repente… un choque brutal, un despertar.

6 *estar* **en plena carrera** estar de camino a un lugar – 7 **un cerdo** Schwein – 19 **dar una charla** hablar sobre un tema – 21 **impactar** *aquí:* impresionar – 23 **amparado** protegido – 34 **una guerra "prehistórica"** se refiere a la Guerra Civil Española (1936–1939)

Iban a llevársela de España, para confinarla en un pueblo que ya le era desconocido, y casarla con un hombre mayor que ella. Iban a arrancarla de sus estudios, de su vida, de su futuro, para convertirla en una esclava, nada más. Satisfacer a su marido, lavar, limpiar, tener hijos... La normalidad "de allí" se convertía en monstruosidad "aquí". Y en medio, un abismo en apariencia irreconciliable.

¿Quién tenía razón?

Amina. Ella tenía razón. Estefanía apretó los puños. Si Amina no quería hacerlo, era su voluntad la que debía ser respetada. Ahí estaba la lucha: no en cambiar costumbres, de momento, sino en ayudar a la independencia de la propia libertad de cada cual.

Era alucinante: de pronto, ella tenía una causa por la que luchar.

Trató de prestar atención a las primeras dos clases, pero le fue muy difícil. El lugar vacío de Amina la atraía como un agujero negro galáctico. Ningún profesor de las dos primeras horas dijo nada. Solo apuntaron en sus libretas la ausencia. Nada más. El tiempo pasó tan perezosamente que los minutos se convirtieron en horas. El peor lunes de su vida, y eso que todos eran bastante malos. Hubo un momento en el que quiso gritar.

Gritar para liberar toda la tensión que la envolvía.

Cuando acabó la segunda clase, se metió de cabeza en el baño para refrescarse la cara y calmarse. Se marchó porque a todas les daba por fumar allí y la atmósfera se hacía irrespirable, sobre todo para ella, que no fumaba y lo consideraba una gilipollez. Sus compañeras llevaban el móvil en una mano y el paquete de cigarrillos en la otra. Pronto necesitarían una mano más. Ella no llevaba el móvil al instituto y odiaba el tabaco, lo cual le granjeaba no pocos comentarios de "rara".

Cuando salió al patio, el sol brillaba en lo alto, pero a ella se le antojó que el cielo estaba lleno de nubarrones muy negros.

1 **confinar a up** obligar a up a vivir en un lugar – 3 **arrancar** *aquí:* separar – 7 **irreconciliable** que no se puede *reconciliar* (versöhnen) – 10 **la voluntad** deseo – 17 **atraer** ir hacia una cosa sin querer (einziehen) – 18 **un agujero** espacio vacío – 19 **la ausencia** ≠ presencia – 20 **perezosamente** *aquí:* muy lento – 25 **meterse de cabeza** *en un lugar fig* ir directamente a un lugar – 29 **una gilipollez** *Esp vulg* uc sin significado – 32 **granjear** ganar(se) – 34 **un nubarrón** nube grande y oscura

4 Lunes por la mañana

Berta repetía curso, así que estaban juntas en la misma clase, Cuarto A. Pero ya eran amigas de antes por cuestiones de vecindad. Compartían gustos musicales y personales, aunque no en cuestión de chicos. Eso, la mayor, lo consideraba fundamental. Cuando se dejaban llevar por algo, juntas resultaban imparables, una la furia y otra la cautela. Los que las conocían aseguraban que nadie estaba seguro con ellas sueltas y que eran capaces de reírse hasta de sus sombras.

Claro que había días y días.

—¡Eh! –la asaltó Berta en el patio–, ¿Un domingo malo?

—No, ¿por qué?

—El sábado estabas de coña y hoy… pareces colgada de una nube.

—Nada, cosas mías –le quitó importancia.

—Oh, usted perdone, señora. Si son cosas suyas…

—¡No seas burra!

—Pues ya me dirás. ¿Algún problema o cotilleo que una menda deba saber?

—¿Qué quieres que pase por aquí? –fingió indiferencia.

—Pues también es verdad –se resignó Berta.

Estefanía se mordió el labio inferior. Necesitaba reventar, compartir, confiar… Pero no podía. Amina había hecho bien al hacerle jurar que no diría nada. Berta era estupenda, pero de ahí a guardar un secreto como aquel…

Comprendió que existía otra necesidad: hablar de ella. Intentar comprender…

—Amina no ha venido hoy –dijo así como de pasada.

—Estará enferma.

—Nunca ha estado enferma, y no se pierde una clase, llueva o nieve.

—Rara ya es, pero también ella estará expuesta a virus, digo yo.

4 **de vecindad** que son vecinas – 7 **la cautela** no hacer cosas peligrosas o locas – 9 **suelto** libre – 9 *reírse* **hasta de sus sombras** reírse de todo – 13 *estar* **de coña** *Esp fam* estar divertido – 13 **parecer colgado** *Esp fig* estar con los pensamientos en otro lugar – 17 **una burra** (Esel) *aquí:* bruta – 18 **un cotilleo** *Esp* contar uc privada sobre la vida de otra persona – 19 **un(a) menda** *Esp* yo – 22 **morderse** coger algo con los dientes – 22 **reventar** explotar – 28 **como de pasada** *loc* aprovechando la situación

Se habían apartado del resto, como siempre que se ponían a hablar de sus cosas. Nadie las escuchaba ni corrían el riesgo de que las interrumpieran. Estefanía lo intentó.

—¿Qué opinas de ella?

—¿Qué quieres que opine? Nada –se encogió de hombros.

—Alguna opinión tendrás.

—Pero si ya lo sabes.

—No, para nada.

—Pues pienso que es buena tía, nada más. Sobre todo para ser mora.

—No seas racista.

—No soy racista –se defendió Berta–. ¿Qué quieres, que hable correctamente y diga árabe, o magrebí, que es más fino? Ahora estamos tú y yo y ella es mora, ¿vale?

—¿Crees que es diferente de nosotras?

—¡Tía, tú dirás! –hizo un gesto de lo más evidente–. Diferentes como la noche del día.

—Solo en lo cultural –matizó Estefanía.

—¿Y te parece poco? Viene al instituto con ese pañuelo…

—El *hiyab*.

—Como se llame –siguió hablando–. Viene a clase con el pañuelo, viste siempre esas túnicas superholgadas hasta los pies, no hace según qué cosas, como la gimnasia, no fuma, no bebe, nunca la he visto con un chico, ¡ni siquiera hablando!, con lo mona que es, y encima no sale de su casa porque no la dejan, no vaya a contaminarse con nuestros pecados –abrió los brazos como si acabase de relatar una lista de agravios terribles–. Si esto no es ser diferente…

—A mí me da un poco de pena –reflexionó Estefanía.

—A mí lo que me da es rabia –expresó Berta–. Pensar que todavía hay lugares en el mundo en que las tías somos… una mierda, me pone de los nervios. Aquí nos salimos, y allá… –apretó el puño haciéndolo más gráfico–. Entre las que queman en la India, las que no dejan nacer en China porque todo quisquí quiere niños, las que lapidan en África, las que llevan velos o esa cosa que les tapa la cara y el cuerpo… Y

5 **encogerse de hombros** die Achseln zucken – 9 **una tía** *Esp fam* chica – 10 **una mora** *despect* mujer árabe – 13 **más fino** más educado – 22 **superholgado** *fam* muy ancho – 25 **mono** *fam* guapo – 25 **encima** *aquí:* además – 26 **un pecado** Sünde – 27 **un agravio** insulto – 30 *dar* **rabia** irritar uc – 34 **quemar** eliminar con fuego uc o up – 35 **todo quisqui** *Esp fam* toda la gente – 35 **lapidar a up** matar a up tirando piedras

no digamos ese rollo de la ablación de clítoris, ¡por Dios! –se estremeció solo de pensarlo–. ¡La suerte que hemos tenido de nacer aquí!

—Si hubiéramos nacido en otra parte, nos acostumbraríamos igual.

—Porque no sabríamos lo que pasa en otras partes, porque a las tías las tienen puteadas, encerradas en casa, y a callar o te pego dos guantazos. Por eso. ¿O crees que si supieran un poco más, pudieran estudiar o viajar, tragarían lo que tragan? Tú dile a un ciego de nacimiento cómo es el color rojo. No puede ni imaginarlo. Esas pobres están igual. Son ciegas de aquí –se tocó la frente.

—Muchas tienen tele y sí saben, pero no pueden hacer nada. Son muchos siglos de tradiciones.

—Si no hacen nada, ya es su problema –insistió Berta–. En cuanto a lo de las tradiciones… ¡Qué casualidad que todas sean machistas! ¡La religión es lo que las tiene aplastadas! Mira, en serio, ni racismo ni leches, pero a mí todo ese rollo de Alá y el Corán… ¡Es que me suena a comida de coco de la Edad Media! Si paso cantidad de catolicismos y demás, ¿cómo voy a tragar con lo otro? ¡Cuando aquel imán de no sé dónde de aquí mismo, en España, dijo que a las mujeres había que golpearlas con una fina vara y en lugares que no dejasen huella… –ya se había calentado, y mucho. Se disparó hecha una furia–: ¡Yo sí que le soltaría unos cuantos golpes al muy cabrón donde yo me sé!

—Vale, vale –la contuvo Estefanía.

—Tú has sacado el tema. Ya sabes que en esto soy feminista radical –se apoyó en la pared de la valla y se cruzó de brazos–. A mi abuela, mi abuelo le sacudía unas palizas de aquí te espero, y la pobre mujer aún se sentía culpable, ¿vale? Aún decía que es que todo lo hacía mal y se equivocaba y… Cuando se murió, mi abuelo no soltó ni una lágrima. ¡Ni una! Encima tuvo los bemoles de preguntarle al ataúd qué iba a hacer ahora

1 **una ablación** amputación del clítoris – 7 **tener puteado a up** *vulg* aprovecharse de una persona – 7 **callar** no dejar hablar a up – 8 **un guantazo** *fam* golpe que se da en la cara con la mano abierta – 9 **tragar uc** *fam* aceptar – 15 **insistir en uc** mostrar interés por uc repetidamente – 15 **en cuanto a** en relación con – 17 **aplastado** *aquí:* humillar a up – 18 **un rollo** *fam* cuento, historia – 22 **golpear a up** pegar a up – 23 **una vara** Stange – 23 **una huella** Spur – 24 **calentarse** *aquí:* enfadarse – 25 **un cabrón** *despect y vulg* Scheißkerl – 28 **sacar el tema** querer hablar de uc – 30 **sacudir** *fam* pegar a up – 30 **de aquí te espero** *Esp fam* muy grande, extraordinario, increíble – 34 **tener bemoles** *Esp fam* se dice cuando uc o situación es difícil o grave

él, tan solo. ¡O sea que la culpa también era de mi abuela! Mi hermana mayor también tuvo uno del mismo estilo, pero el primer día que le puso la mano encima, ella agarró un cuchillo y se lo puso en el cuello. Oye, nunca más. Mira –continuó con su vehemencia, pero volviendo al tema que había originado aquella discusión–, Amina es una tía superinteligente, en eso todos estamos de acuerdo. Escribe de coña, mucho mejor que yo de largo; podría ser lo que quisiera. Pero ¿crees que la dejarán? Está marcada, sentenciada. Haga lo que haga. ¿Conoces a Malika?

—No.

—Iba a mi clase hace tres años –explicó Berta–. En cuanto le vino la primera regla, su padre la sacó del instituto para que se quedara en casa a hacer las «labores propias de su sexo» –lo dijo con desprecio–, lavar y limpiar. Eso es todo, y a callar. ¿Y lo de Sobiha el año pasado?

—A ella sí la recuerdo.

—Pues fue lo mismo, y encima se largaron del pueblo poco después. ¿Conoces a los padres de Amina?

—Los he visto un par de veces.

—Como yo. ¿Y qué? Mucha pinta de normal, ella muy recatada y tapada, él muy trabajador y con aspecto de buena persona, pero según mi madre han tenido nueve o diez hijos, y solo un par han sido chicas. Los hombres, como pachás, pero ella... Ella se va a pasar toda la vida pringando como una burra. Ni siquiera sé por qué viene a clase.

—¿La ley no dice que hasta los dieciséis...?

—¡La ley se la pasan por el forro, tía! –gritó Berta, tan alto que las más próximas miraron hacia ellas–. Y además, ¿qué ley? Ellos son moros, perdón, magrebíes –puntualizó con retintín–. Encima aquí estamos en el culo del mundo, así que... ya me dirás.

Estefanía estaba pálida.

Tan consternada que...

—Oye, ¿y a qué ha venido todo esto? –frunció el ceño Berta.

—A que Amina no ha venido hoy a clase.

3 **poner la mano encima a up** *loc* pegar a up – 7 *escribir* **de coña** *Esp fam aquí:* escribir muy bien – 8 **de largo** *loc fam* con diferencia – 9 **sentenciado** condenado – 13 **venir la regla** tener el periodo, menstruar – 18 **largarse** irse de un lugar – 21 **una pinta** aspecto físico – 22 **recatado** ≠ provocativo – 24 ser **un pachá** *fam* llevar una vida muy cómoda – 25 **pringar** *Esp fam* hacer up el trabajo más duro – 28 **pasarse uc por el forro** *vulg* no ser importante – 30 **retintín** de forma irónica – 31 **en el culo del mundo** *vulg* muy lejos – 33 **pálido** tener la cara muy blanca

—Yo paso –fue sincera–. No podemos hacer nada, o sea que… No sirve de mucho discutir sobre estas cosas. Bastante tenemos con lo nuestro, ¿no?

Estefanía no supo de qué le hablaba.

—¿Lo nuestro?

—A ti te gusta Ismael y el muy impresentable pasa de ti. Jonathan está colgado por ti, y tú, que eres tonta, no le haces ni caso, siendo, como es, el mejor chico que conoces –Estefanía se puso roja, pero no pudo ni meter baza–. A mí me gusta Lucas y el muy idiota está que se muere por Teresa. Y tenemos todo este muermo –dijo esta última palabra escupiéndola más que pronunciándola, mientras abarcaba el instituto, el pueblo, casi el mundo en general–. Aquí nunca pasa nada, ¡nunca! ¿Por qué no pude nacer en la Quinta Avenida de Nueva York?

—Porque también pudiste nacer en uno de esos sitios de los que hablabas antes, y estar puteada –puso el dedo en la llaga Estefanía.

Berta le lanzó una mirada inquisitiva.

—A veces no sé por qué somos amigas –dijo muy seria.

—¿Será por eso de que Dios los cría y ellos se juntan? –bromeó Estefanía.

1 **pasar de uc** no importar uc o up – 6 *ser* **un impresentable** up que no tiene vergüenza – 7 **estar colgado de up** *Esp* estar enamorado de up – 7 **ni caso** *fam* sin prestar atención – 9 **meter baza** *fam* expresar una opinión – 10 **morirse por up** *fig aquí:* estar muy enamorado de up – 11 **un muermo** *Esp fam* aburrimiento – 11 **escupir uc** *aquí:* decir uc con enfado o desprecio – 12 **abarcar** *aquí :* incluir o contener uc – 16 **poner el dedo en la llaga** *loc* decir uc que se sabe que molesta a up – 20 **Dios los cría y ellos se juntan** *ref* gleich und gleich gesellt sich gern

5 Lunes por la tarde

La primera vez atravesó la calle demasiado rápido, caminando por el medio de la calzada, muy y muy aprisa, sin apenas girar la cabeza para mirar en dirección al edificio de una sola planta, humilde y discreto. Lo hizo temiendo que la reconocieran, que la señalaran con el dedo, que alguien gritara:

—¡Ahí va Estefanía Vidal, la que tiene a Amina en su casa!

No sucedió nada.

Llegó al final de la calle y entonces se llamó idiota a sí misma. El corazón le iba a cien por hora. ¿De qué tenía miedo? ¿Quién la conocía por allí? Y aunque así fuera, no era más que una adolescente como tantas, yendo a alguna parte. El barrio podía estar cada vez más lleno de magrebíes, subsaharianos o como se llamasen, pero ella no tenía nada que temer.

Nada.

Ni siquiera vio a alguien por la calle.

¿Qué estaba haciendo?

Más aún, ¿qué pensaba hacer?

Cuanto más reflexionaba, más miedo tenía, y más motivos de preocupación la inundaban. Aquello iba a liarse, seguro. ¿Qué harían sus padres si ella desaparecía una noche y no se presentaba a dormir? Poner el pueblo patas arriba, desde luego.

En cambio, en casa de Amina…

Silencio en la calle, ningún coche de policía en la puerta, ningún tumulto formado por vecinas gritonas y sabelotodos expertos exponiendo sus teorías, ninguna radio o televisión dispuesta a sacar carnaza del tema.

Aquello, simplemente, no tenía sentido.

O tal vez lo tuviese todo.

Sus padres habrían acudido a la policía porque a ella no se le ocurriría irse de casa por nada del mundo. No iban a obligarla a casarse con un desconocido de cincuenta años arrancándola de su nuevo hogar.

2 **atravesar** cruzar – 3 **una calzada** parte de la carretera por donde circulan los vehículos – 6 **señalar con el dedo a up** *fam* criticar a up – 20 **cuanto…más** je…desto – 21 **inundar** *fig aquí:* invadir – 21 **liarse uc** *Esp* complicarse – 23 **poner patas arriba** *loc fam* en desorden – 27 **un tumulto** grupo de mucha gente – 29 **sacar carnaza** buscar el escándalo en una noticia – 33 **por nada del mundo** *fam* para expresar la decisión de no hacer uc

Y siendo así…

Desde la esquina escudriñó los alrededores, más preocupada que asustada. Empezaba a darse cuenta del sesgo que los acontecimientos podían tomar en aquellas horas y, más aún, en los días siguientes. Lo malo era que aquello no tenía nada de novela policiaca. Se trataba de la vida real, aunque hubiese una víctima.

¿Lo hacía o no? Tenía que estar segura.

Regresó por donde había venido, caminando más despacio, como si paseara, y en esta oportunidad no miró al suelo atenazada por el pánico. Levantó la cabeza y hundió sus ojos en la puerta y las ventanas de la pequeña casita.

Nada.

Ni un ruido, ni un sonido, ningún rumor.

¿Podían acusarla de algo? ¿O acusar a sus padres de secuestro?

Se negó a seguir caminando. No podía regresar a su casa sin saber algo más, aunque fuese poco. Tenía que hacerlo, por Amina y por sí misma.

Estefanía contuvo la respiración y cambió la dirección de sus pasos hasta detenerse delante de aquella puerta. Pensó que debía de estar muy pálida, muy blanca, y que ellos lo notarían en seguida. Pensó muchas cosas, ninguna buena, todas funestas, hasta que recordó que en la función de Navidad todos dijeron que había estado muy bien, muy natural y convincente.

Tenía que actuar.

—Hola, buenas tardes –susurró en voz baja–. Soy compañera de instituto de Amina y la profesora me ha enviado a preguntar…

No. ¿La profesora? ¿Qué profesora? De eso se habría encargado la directora.

—Hola, buenas tardes –repitió–. Soy compañera de instituto de Amina y venía a traerle los apuntes de hoy, porque como no ha ido a clase…

¿Apuntes? ¿Llevaba algo encima que parecieran unos apuntes para entregar a quien le abriera la puerta?

2 **escudriñar** observar con mucha atención – 3 **el sesgo** orientación que toma un tema – 11 **atenazado** inmovilizado, sin poder moverse – 14 **un rumor** ruido lejano – 20 **contener** *la respiración* den Atem anhalten – 24 **funesto** malo – 24 **una función** espectáculo – 26 **convincente** que se cree – 27 **actuar** acción que hace un actor o una actriz

¿Y si se enfrentaba a una madre llorosa?

¿Y si…?

—Hola –musitó por tercera vez–. ¿Está enferma Amina?

Tan sencillo.

Bastaba con ver sus caras, saber, indagar.

Estefanía levantó la mano derecha.

Ya no la bajó. Llamó a la puerta y esperó con el corazón más paralizado que sus articulaciones, de pronto acartonadas.

1 **lloroso** persona que llora – 5 **indagar** intentar saber uc con preguntas – 8 **acartonado** rígido, en tensión

6 Lunes por la noche

No había podido subir antes. Imposible. Nada más llegar se enfrentó a una de las temidas visitas de la tía Adelina. Por más que dijo que tenía que hacer los deberes y estudiar, su omnipresente tía se empeñó en que estuviera con ella, y luego en que la acompañara a su casa, a pesar de que caminaba mejor que antes de operarse de la cadera. Hizo el camino de ida con su tía apoyada en ella y quejándose de lo mal que se encontraba, como de costumbre, y el de vuelta otra vez a la carrera. Pero entre unas cosas y otras ya se había hecho tarde, y si subía al desván y desaparecía… Así que tuvo que esperar un poco más para sentirse liberada.

Luego visitó la nevera y recogió comida otra vez.

Si su madre la pillaba con la bandejita, aprovisionándose igual que una muerta de hambre antes de cenar…, ¿qué le diría?

No quiso ni imaginárselo.

Menos mal que su madre era adicta a los informativos, «para saber qué sucedía en el mundo», y se cenaba tarde. Eso le dio la mejor de las oportunidades. Otra cosa era que también aparecieran su padre o Eduardo.

Cuando se encaramó escaleras arriba con la bandeja llena, no paró hasta meterse por la trampilla del desván. Estaba casi a oscuras y se dio cuenta de la dificultad añadida que representaba eso. Si Amina encendía la luz y su padre o su madre lo veían desde fuera… Pero pasar las horas a oscuras, sola con sus pensamientos, tenía que ser muy duro.

Al bajar, iría a por una linterna.

Mientras, conectó la luz.

—¿Amina?

Parecía no haber nadie. El amplio lugar, repleto de muebles, abigarrado hasta los topes, con la cama vacía a la izquierda, en el lado opuesto al ventanuco, estaba como siempre, espectral y cargado de sensaciones perdidas.

Por un momento, llegó a creer que su amiga ya se había ido.

5 **omnipresente** que está en todos los lugares al mismo tiempo – 5 **empeñarse en + INF** querer hacer uc *a toda costa* (um jeden Preis) – 9 **como de costumbre** *loc* como siempre – 14 **pillar a up** *fam* descubrir – 14 **una bandejita** *dim* un plato grande que sirve para llevar uc – 14 **aprovisionarse** coger mucha comida – 23 **una trampilla** puerta pequeña en el suelo o techo de una habitación – 24 **a oscuras** sin luz – 28 **una linterna** aparato portátil que sirve para iluminar – 32 **abigarrar** poner muchas cosas distintas en un lugar – 32 **hasta los topes** muy lleno

Y eso… no solo la desconcertó, sino que la desilusionó.

Por primera vez en su vida estaba haciendo algo.

Algo que un día, tal vez, la haría sentirse orgullosa, o cuanto menos le daría una vivencia única, porque aquella era una situación excepcional.

—¿Amina? –repitió un poco más alto.

—Estoy aquí.

La chica salió de detrás de un armario, con su pañuelo blanco en la cabeza. Estefanía dejó la bandeja sobre un mueble y corrió a abrazarla. Las dos se quedaron allí, quietas, sin saber cuál de ellas temblaba más. Hasta que la recién llegada consiguió hablar.

—He ido a tu casa –le dijo.

Amina se apartó para mirarla de hito en hito, con sus grandes, enormes ojos muy abiertos.

—¿Que has hecho qué? –tembló sin poder creerlo.

—Ven.

Estefanía la llevó hasta la cama. Se sentaron en ella. Por una vez, el viejo colchón de plumas de su abuela había servido para algo. Nadie había querido utilizarlo después de su muerte, y por alguna extraña razón, tal vez por lo de las plumas, no quisieron deshacerse de él y allí estaba, con el resto de muebles. Su madre insistía en que no se tirara nunca nada, por si un día servía o por si valía algo como antigüedad en el futuro. Estefanía jamás imaginó que allí pudiera volver a dormir otra persona.

—He pasado por delante de tu casa –le informó con calma, enfrentándose a aquella mirada aterrada–, y me ha extrañado no ver nada, ni alboroto de vecinos, ni policía… Así que he llamado a la puerta.

—¡Oh, no! –se atemorizó aún más.

—He preguntado por ti. He dicho que, como no habías ido al instituto, pensaba que estabas enferma.

—¿Quién te ha abierto la puerta?

—No sé, un chico mayor.

—Uno de mis hermanos. ¿Has visto a mi madre o a mi padre?

—No, solo a él.

1 **desconcertar uc a up** no entender una situación – 1 **desilusionar** no tener esperanza en uc – 5 **excepcional** que no pasa con frecuencia – 11 **una recién llegada** persona que llega en ese momento – 14 **mirar uc/up de hito en hito** *loc* sin apartar la vista – 19 **un colchón** Matratze – 22 **deshacerse** tirar uc porque no es útil – 25 **jamás** nunca – 29 **un alboroto** ruido

—¿Qué te ha dicho?

—Que no estabas, solo eso. Parecía enfadado.

—Deben de estar furiosos –dejó caer la cabeza sobre el pecho–. Me he opuesto a la voluntad familiar y eso es… Espero que ese hombre no haya pagado la dote.

—¿Tus padres ganan dinero con tu boda?

—No ganan nada. Pierden una hija, así que han de ser compensados.

—Esto es demasiado –se sintió aturdida–. ¿Y no han llamado a la policía?

—Probablemente no.

—¿Por qué?

—Esperarán que yo vuelva.

—No lo harás, ¿verdad?

—¡No! –pareció a punto de echarse a llorar–. Prefiero morirme.

—No digas eso.

—No tengo donde ir. No puedo quedarme aquí toda la vida. Si ellos no reflexionan, si insisten… Sí, me quitaría la vida antes de renunciar a mi futuro.

—Estoy segura de que la ley está de tu parte.

—¿Qué ley?

—La española. ¡Tú estás aquí!

—¡Pero soy marroquí, y aunque te parezca extraño después de esto, yo estoy orgullosa de serlo! Lo malo es que ahora puede que tenga dos casas y no sepa a cuál pertenezco, porque una cosa es el corazón y otra la mente.

—Estoy hecha un lío –reconoció Estefanía antes de señalar la bandeja con la comida–. ¿Tienes hambre?

—No mucha.

—Te subiré una linterna en cuanto pueda. ¿Necesitas algo más?

—Dime lo que habéis hecho hoy en el instituto. No quiero perder clases. Y tráeme, por favor, libros para leer, me da igual el tema mientras sean novelas. Estar todo el día aquí, sola, es aburrido.

4 **oponerse a uc** ≠ aceptar uc – 5 **una dote** dinero o bienes que un hombre da a una familia para casarse con su hija. En algunos países, como la India, es la mujer la que debe pagar la dote a la familia del marido. – 8 *ser* **compensado** dar uc para reparar la pérdida de otra – 15 **a punto de** *loc* que falta poco para hacer uc – 15 **echarse a + INF** empezar a – 19 **quitarse la vida** *loc* suicidarse – 20 **renunciar a uc** dejar de hacer uc por necesidad, obligación o sacrificio – 21 **estar de parte de up** apoyar la acción de up – 27 **la mente** pensamiento – 28 **estar hecho/-a un lío** no tener clara uc

—Lo siento.

—¡No! Tú haces lo que puedes. Si no hubiera sido por ti y este desván…

—Pero tú misma lo has dicho: no puedes quedarte aquí toda la vida.

—¿Qué tal en el instituto? –ignoró su último comentario.

—Bien.

—¿Alguien ha preguntado por mí?

—No, de momento no. He hablado con Berta.

—¿No le habrás dicho…?

—Que no –la tranquilizó–. Pero necesitaba cambiar impresiones con alguien.

—No es la más adecuada –dijo Amina–. Es muy buena chica, pero…

—Ya sé, tiene sus ideas, pero la cabeza despejada. Y es bastante lúcida. Hemos hablado de ti, de tu situación, de todo eso de que no fumes ni bebas ni…

—Tú tampoco lo haces.

—Porque soy rara –se defendió Estefanía–, pero me gustan los chicos, y la música, y salir de marcha.

—A mí no me importa quedarme en casa los fines de semana, de verdad –manifestó Amina–. Ayudo a mi madre y hago lo que tengo que hacer. Los quiero mucho. Puede parecerte raro, pero es así. He crecido de una forma, no sé si buena o mala, pero es la mía. No siento nada especial yendo a una discoteca.

—Nunca has ido a una discoteca.

—Ya –aceptó–, pero tampoco creo que me gustase. Me siento bien siendo como soy y haciendo lo que hago. Lo único que no puedo asumir es esto, mi compromiso, porque sé que si me caso ahí terminará todo: mis esperanzas de futuro, mis sueños… En mi caso, el matrimonio es la renuncia absoluta.

—He de volver abajo antes de que se den cuenta o me llamen –dijo Estefanía poniéndose en pie–. Tú cena y descansa. Después te traeré libros y una linterna, y seguiremos hablando antes de que me acueste, ¿de acuerdo?

—De acuerdo –logró sonreír la escapada.

Estefanía lo reconoció: tenía valor.

Tanto como para rebelarse contra su destino.

11 **cambiar impresiones con up** *loc* cambiar opiniones – 13 **adecuado** geeignet – 15 *una cabeza* **despejada** *fig* que piensa con claridad – 16 **lúcido** que piensa de forma clara – 29 **asumir** aceptar – 29 **un compromiso** *aquí*: matrimonio – 37 *tener* **valor** mutig sein

7 Lunes por la noche

La cena transcurría con la normalidad de lo habitual, con frases hechas a base de «pásame el agua» o «¿quieres más patatas?». Se sentaban en cruz, uno a cada lado de la mesa, sus padres cara a cara, y Eduardo y ella, lo mismo. Los temas del día, el resumen de incidencias propio de cada cual, acababan de agotarse, así que llegó el momento de que Estefanía hiciera la pregunta:

—¿Vosotros sabéis algo de eso de que a las chicas árabes las casan a la fuerza?

La pregunta iba dirigida a los dos, su padre y su madre, pero fue él quien respondió:

—Creo que es una de sus costumbres, sí. Lo apalabran y cuando llega el momento…

—Pero no es igual en todos los países árabes –dijo Eduardo.

—En la mayoría –reflexionó su padre–. Hay costumbres que no cambian ni cambiarán así de fácil. No se necesitan pocas generaciones ni nada para eso.

—Pero estamos en el siglo XXI.

—¿Y qué? –fue explícito–. Que media humanidad ande con robots o enviando naves a Marte no significa que la otra media sea pobre, se muera de sida o esté anclada en el pasado. Y Dios me libre de juzgar a nadie. Para ellos, los que estamos locos somos nosotros, por nuestra forma materialista, excéntrica y egocéntrica de vivir.

—Pero obligar a tu hija a casarse con quien no quiere…

—¿Recuerdas la India, Constantina?

—¿Aquella boda? –dijo su madre.

—Sí –miró a Estefanía–. En aquel viaje que hicimos mamá y yo a la India, nos encontramos con una boda en uno de los templos que visitamos en Madrás. La novia no tendría más allá de tu edad, y el novio, como mucho, la de Eduardo. Fue la boda más triste que recuerdo haber visto. Pero es que yo la vi con mis ojos, los de un occidental. Sin embargo, me marcó.

—La novia estaba llorando –continuó su madre–. Acababa de conocer a su marido hacía unos minutos, y después de la

2 **transcurrir** pasar – 7 **agotarse** terminarse – 10 *hacer uc* **a la fuerza** *loc* hacer uc que no quieres – 13 **apalabrar uc** hacer un negocio oralmente – 18 **ni nada** estructura que intensifica la negación – 20 **andar** *fig aquí:* utilizar – 21 **una nave** avión que vuela al espacio – 22 **el sida** AIDS – 22 **Dios me libre** *fam* Gott stehe mir bei – 23 **juzgar** beurteilen – 28 **una boda** acto de casarse y ceremonia con que se celebra

ceremonia se la iban a llevar a casa de la familia de él, que por lo visto vivía muy lejos. Así que a los quince años perdía a su familia, se encontraba con otra nueva, y de esposa de un desconocido. No era el día más feliz de su vida.

—Entonces, ¿por qué cuando tienen hijos los obligan a hacer lo mismo?

—Porque dicen que el amor llega con el roce, con los años, y que entonces es más fuerte. No estoy muy seguro, pero creo que ellos no entienden eso de la pasión que nos arrastra a nosotros y nos vuelve el cerebro del revés. Cuando pasa esa pasión, aquí nos divorciamos, en cambio allá…

—Allá las queman, mamá –intervino Eduardo, y dijo lo mismo que Berta por la mañana–: Las queman en accidentes caseros y así el marido puede casarse con otra y ganar otra dote.

—¿No es la familia del novio la que paga la dote? –se hizo un lío Estefanía.

—Eso también depende de cada cultura –manifestó su padre con cierto escepticismo e inseguridad.

—En la mayoría de los países del Tercer Mundo la mujer no sirve más que para la reproducción –fue duro Eduardo.

—¿Y no crees que por eso lo llamamos Tercer Mundo? –se puso seria su madre–. ¿Desde cuándo nosotros nos hemos adjudicado el papel de primero? ¿Y dónde está el segundo?

—Yo no hablo de eso –siguió Eduardo–. Hay lugares en los que la mujer es la que trabaja y la que lleva el peso de la familia, pero el papel sigue siendo el reproductor. Los hombres pueden matarlas, echarlas de casa, decir que la suya es mala para que los tribunales de honor les den la razón… En cambio, ellas no, a callar siempre. En muchas partes, ni votan. ¿Quieres más prueba que lo de la ablación de clítoris? ¡Por Dios, mamá, que con siete u ocho años, y en vivo, con una cuchilla de afeitar, les rebanan el clítoris para que no tengan placer y con

2 **por lo visto** al parecer, según parece – 3 **una esposa** mujer casada – 7 **con el roce** *fig aquí:* trato o comunicación continua entre personas – 9 **arrastrar** *aquí:* mover – 10 **un cerebro** órgano dentro de la cabeza – 11 **divorciarse** separación legal de dos personas casadas – 14 **casero** en casa – 23 **adjudicarse uc** ser *dueño* (Eigentümer) de uc o idea – 28 **matar a up** acabar con la vida de up – 28 **echar a up de casa** no permitir a up que viva en la casa – 29 **un tribunal** Gericht – 30 **votar**→voto – 32 **una cuchilla de afeitar** Rasierklinge – 33 **rebanar** *fam* cortar uc (schneiden) – 33 **el placer** sensación muy agradable física o espiritual

ello eliminen las malas ideas y no le pongan cuernos al marido! ¡Es el método de fidelidad conyugal más bestia del mundo!

—¡Ay, calla, Eduardo! –se estremeció su madre–. No hables de eso en la mesa, ¿quieres?

—¡Pero es que es la verdad! ¡Y son las propias abuelas de las niñas las que se empeñan! ¡A ellas y a sus hijas se lo hicieron, y en lugar de entender que es una salvajada, lo repiten, aferradas a la creencia de que es lo correcto y la tradición de que es bueno para ellas! ¿Cuántas familias de este mismo pueblo no deben ir de vacaciones a sus países en verano y las niñas vuelven sin clítoris?

—¡Eduardo!

—Ya vale –dijo su padre, serio–. Tu madre tiene razón. No es un tema para hablarlo en la mesa.

—Sí, ¿cómo hemos empezado a hablar de esto? –frunció el ceño la mujer.

—Yo he preguntado lo de las bodas concertadas –volvió a intervenir Estefanía.

—Y lo que te gusta a ti discutir –hizo una mueca, mitad orgullosa y mitad agotada, su madre.

—Si no pregunto, no sé.

—Ya, pero hay cosas…

—¿Cuándo estamos los cuatro juntos, y solos?

—Tiene razón –dijo su padre.

—Eso, Ladislao, tú siempre de su parte.

—¿Por qué querías saber eso de los matrimonios concertados? –continuó él.

—Curiosidad.

—¿Alguna chica que tú conozcas…?

—No, no –Estefanía se puso roja–. Lo discutíamos hoy en clase y había disparidad de opiniones.

—Si es que cada vez está llegando más gente de esa al pueblo –reconoció su madre.

—Sí, no les gustan nuestras costumbres, pero aquí al menos comen.

—Pobres –se entristeció la mujer.

1 **poner los cuernos a up** *fam* engañar a la pareja con otra persona – 2 **la fidelidad** ≠ engañar (betrügen) – 2 **conyugal** del matrimonio – 7 **una salvajada** acción muy destructiva – 7 **aferrarse** *a una idea fig* estar convencido de uc – 15 **fruncir el ceño** *fig* arrugar la frente para indicar preocupación o enfado (die Stirn runzeln) – 17 **concertado** pactar uc con up – 19 **una mueca** gesto – 31 **una disparidad** diferencia – 32 **gente de esa** *despect* emigrantes musulmanes

—Nosotros tenemos idealizada la palabra amor –reflexionó su padre–. Es bonito, claro. En el amor lo basamos todo, especialmente al comienzo, en la juventud. En otras partes el amor es un concepto distinto, regulado. Su vida se basa más en el respeto.

—Más bien diría en la sumisión, papá –volvió a intervenir Eduardo, combativo.

—De acuerdo –aceptó él–, pero es su forma de entender la vida. Aquí pensamos que todas las mujeres del mundo quieren ser liberadas, y no es así. Cuando en Irán se promovieron las reformas, fueron las mujeres las que se manifestaron exigiendo que las viejas costumbres no desaparecieran, entre ellas la de llevar velo. Y cuando los talibanes cayeron en Afganistán, aquí nos creímos que las mujeres se quitarían el famoso burka que las cubre de pies a cabeza, pero la mayoría siguieron llevándolo.

—Por miedo.

—Algunas sí, pero no todas. Si te has pasado años y años siendo de una forma y haciendo algo a lo que ya te has habituado, ¿crees que puedes cambiar del día a la noche? A mí me dicen de pronto que nunca más me voy a poner corbata, ni traje, que tampoco llevaré calzoncillos y me pondré siempre una chilaba. ¿Y qué hago? Sería incomodísimo, hijo. Puede que a ellas les pase igual, que no sepan o no se adapten. En cualquier caso –abrió las manos–, estamos hablando de oídas, por referencias, por lo que intuimos o sabemos a través de los medios de comunicación, y tampoco es correcto. Hay que viajar y ver las cosas por uno mismo. Para nosotros, su forma de vida es peor porque, desde nuestra óptica, ellos no son libres, no pueden elegir. Pero hay que respetar a los demás, sin pretender cambiarlos de un plumazo.

—Así que lo mejor es no hacer nada y que cada cual aguante su vela –insistió Eduardo.

—Yo no digo eso –exclamó con paciencia su padre–. ¿Por qué le das la vuelta a todo?

6 **la sumisión** aceptar todo sin rebelarse – 7 **combativo** *aquí:* que lucha por sus ideas – 13 **un velo** pañuelo transparente y fino que cubre la cara de una mujer – 21 **una corbata** Krawatte – 23 **una chilaba** túnica con capucha que llevan los hombres árabes – 25 **saber uc de oídas** *loc* saber algo por otra persona y no por propia experiencia – 32 **aguantar la vela** *loc fam* que cada persona solucione sus problemas

—Sabes que me gusta discutir –exhibió una forzada y enorme sonrisa de oreja a oreja.

—¡Tú lo que eres es un puñetero! –su padre le echó la servilleta a la cabeza–. ¡El caso es meterte conmigo! ¡No le iría mal a esta casa un poco de autoridad y respeto como los de algunos de esos países!

Ya no iban a volver a hablar del tema, estaba claro.

Estefanía acabó de cenar rápido, para volver a subir y charlar con Amina antes de acostarse.

Se preguntó cómo convencería a sus padres, sin que su madre creyera que estaba enferma, de que no quería ver la televisión.

3 *ser* **un puñetero** *Esp fam* up que hace uc con mala intención – 4 **meterse con up** molestar o atacar a up – 10 **convencer** hacer creer uc a up

8 Martes por la mañana

Lucía Cortázar se sentía algo más que una simple profesora de lengua y literatura.

Para ella, el lenguaje, oral o escrito, era la clave de casi todo en la vida. Su lucha con los profesores de matemáticas, sobre todo los cerrados, anquilosados en el tiempo, que defendían que "solo" las matemáticas importaban ya que eran "lo esencial", la había hecho destacar año tras año, desde el inicio de su labor docente. Si los matemáticos no entendían que lo primero era aprender a leer y a escribir, para que luego los chicos y chicas pudieran entender el planteamiento de un simple problema, difícilmente lograrían meter su asignatura en sus cabezas. Pero la guerra tenía muchos frentes, y a veces la soledad del corredor de fondo resultaba implacable. Guerra con la dirección para que no frenara sus iniciativas, a veces «fuera de programa» y, por tanto, prescindibles por mera comodidad –«Pero, Lucía, ¿para qué vamos a molestarnos? ¿Quién nos lo va a agradecer?»–. Guerra con sus compañeros, que la veían demasiado independiente, contestona, libre y deseosa de echarse sobre los hombros más trabajos de los que las ganas o el sueldo contemplaban. Guerra con los alumnos para hacerles leer un simple libro al trimestre, ¡al trimestre!, con lo cual lo leían tan forzados que ni se enteraban de nada ni lo entendían, a base de una página al día o un capítulo o lo que fuera que estuvieran dispuestos a colaborar. Guerras y más guerras.

Pero nadie iba a moverla un ápice de su camino.

Siempre deseó ser profesora de lengua, por vocación, por unir sus dos pasiones, los libros y las clases.

Amaba su trabajo por encima de todo.

Y los quería a ellos, los alumnos, a los que se abrían un camino con paso firme en la vida y a los que se esforzaban al máximo tanto como a los que se reían de la cultura y veía condenados a la nada del aburrimiento en vida. A veces tenía

6 **anquilosado** anclado – 8 **destacar** llamar la atención por uc – 8 **tras** después de – 9 **docente** relativo a su trabajo como profesor – 11 **un planteamiento** presentar un problema o una situación – 14 **la soledad** sensación de up que está sola – 15 **frenar** parar – 16 **por mera** simplemente – 19 **contestón** *fam* persona que siempre tiene respuesta para todo – 22 **un trimestre** tres meses – 27 **un ápice** parte muy pequeña – 28 **por vocación** que siempre quiso tener esa profesión – 32 **esforzarse** → esfuerzo – 34 **condenado** tener como destino uc

ganas de llorar –«¿Un libro, profesora? ¡Qué rollo! ¡Y tan largo! ¡Yo odio leer!»–, pero no se rendía. Si se rendía ella… Sus chicos y chicas no entendían que era y representaba, tal vez, la diferencia entre tener la dignidad de la cultura o ser carne de olvido.

Porque a veces, un maestro, uno solo, era el punto de inflexión, la última oportunidad, el impulso decisivo.

Lucía Cortázar volvió a mirar el sitio vacío de Amina El Hachmi.

El día anterior, cuando faltó a clase por primera vez en aquellos años, ya tuvo un mal presentimiento. Decidió esperar, no hacer nada. Todos los chicos tenían un día malo, una gripe, un entierro, lo que fuera que les impedía ir a clase. Con dos días, tampoco pasaba nada. No tenía por qué pasar nada.

Pero Amina era marroquí.

Y Lucía se fiaba de su instinto, su proverbial sexto sentido.

No quería que se repitiera la historia. No con ella.

Amina era una luz en el desierto, y estaba dispuesta a mimarla y cuidarla hasta las últimas consecuencias, hasta el límite de sus fuerzas.

Cinco, cuatro, tres…

Cerró los ojos y sonó el timbre. Sus veintiséis chicos y chicas, a falta de Amina, empezaron a moverse recogiendo sus cosas. Los contempló con aquella mezcla de desasosiego y esperanza. Ella recordaba mucho a algunos de sus profesores, pero especialmente a una, su propia profesora de lengua y literatura. Gracias a la señorita Gonzalo pudo leer libros maravillosos que ni conocía. Gracias a la señorita Gonzalo dio el salto cualitativo en su adolescencia. A veces se preguntaba cuántos la recordarían a ella, y cómo.

Salió del aula y se encaminó a la sala de profesores. No sabía de qué manera lo hacían los demás para llegar siempre antes, pero fue la última. Ni siquiera entró en aquel fumadero. Todas sus compañeras tenían ya el cigarrillo en las manos, mientras que, de los escasos hombres, solo dos fumaban. Desde la puerta preguntó:

1 *qué* **rollo** *Esp fam* uc aburrida – 2 **rendirse** no luchar más – 4 **la dignidad** Würde – 4 **ser carne de olvido** no acordarse de up – 6 **un punto de inflexión** *fig aquí:* posibilidad de cambio – 11 *tener un mal* **presentimiento** sentir que va a pasar uc mala – 13 **un entierro** ceremonia que se hace cuando up se muere – 16 **fiarse de up o uc** confiar en up o uc – 18 *estar* **dispuesto a + INF** querer hacer uc – 19 **mimar a up** cuidar muy bien de up – 24 **el desasosiego** falta de tranquilidad – 28 **dar el salto** *aquí:* producirse un cambio grande – 33 **ni siquiera** nicht einmal

—¿Alguno sabe algo de Amina El Hachmi?

La miraron, pero no hubo respuestas. Alguien dobló los labios hacia abajo, alguien movió la cabeza horizontalmente… Lucía Cortázar volvió a irse.

El despacho de Matilde, la directora, estaba al fondo, detrás de dos puertas protectoras que hacían de frontera con la jungla exterior. Había muchos gritos procedentes del patio, algo contra lo que estaban inmunizados. Beethoven tenía que haber sido maestro, no músico. No tuvo que llamar a la puerta porque estaba abierta. Matilde, de pie, revisaba unos papeles con una mano mientras con la otra sostenía también un cigarrillo. Más que sostenerlo, parecía aferrarse a él.

—Matilde.

—Ah, hola, Lucía, ¿qué hay?

—¿Sabes algo de Amina El Hachmi?

—No, ¿por qué?

—¿No han llamado sus padres diciendo que está enferma o algo así?

—No.

—Lleva dos días sin venir a clase.

—Vamos a esperar a mañana, ¿de acuerdo?

—De acuerdo, gracias.

No, no lo estaba. Se podía esperar con cualquier otro chico o chica, no con una muchacha magrebí de quince años.

Esa era la diferencia.

Ya le había pasado una vez, y no estaba dispuesta a repetirlo.

Entró en Administración y saludó a Pilar. No hizo falta que se lo pidiera, lo buscó ella misma. Abrió el archivo de alumnos correspondiente a las letras H, I y J, y sus dedos pasaron ágiles por encima de los expedientes hasta encontrar el de Amina. Allí estaban sus señas y el teléfono. Lo anotó todo y salió al exterior, apartándose de cualquier presencia humana que pudiera escucharla.

Marcó el número en su móvil y se mordió el labio.

Al otro lado, el timbre apenas si sonó una fracción de segundo.

—¿Sí? –escuchó una voz de hombre.

—Buenos días, soy Lucía Cortázar, profesora de Amina.

2 **doblar los labios hacia abajo** gesto para mostrar que no se sabe uc – 5 **un despacho** habitación para trabajar – 7 **una jungla** selva *aquí:* instituto – 11 **sostener** mantener uc – 31 **las señas** *pl* la dirección – 34 **morder** *apretar* (drücken) uc con los dientes

—¿Sí? –repitió la voz.

—Quería saber si está bien, porque como hace dos días que no viene a clase…

—Oh, sí… Bien, sí, está bien –cambió de tono la voz–. No problema, siñora.

—Pero ¿está enferma?

—No, no está enferma –el acento era marcadamente árabe–. Pronto viene, sí. Gracias por interés, siñora. Todo bien, sí, gracias.

Iba a preguntar algo más, pero la línea se cortó en ese instante.

Lucía Cortázar miró su móvil, como si él supiera la respuesta.

Suspiró.

Su inquietud no había menguado, al contrario. Ahora temía más que antes la sensación que su instinto le proyectaba sobre la conciencia. Y cada oleada era peor.

Volvió a recordar a Sobiha, la última. Había sucedido el año anterior.

Brillante, angelical, la mejor de las niñas, buena estudiante; hasta que sus padres la sacaron del instituto porque estaba ya en la edad de quedarse en casa y dejar de estudiar. No importaba que tuviera todas las ventajas, tales como no hacer gimnasia ni ir a clase de música, algo a lo que el centro había claudicado pese a ser discriminatorio, como con Amina. A los catorce años, su vida estudiantil se había terminado de forma abrupta. Cuando quisieron hacer algo, ya era tarde y la denuncia a la fiscalía del Tribunal Superior de Justicia de Catalunya no pudo prosperar, porque la familia se había ido del pueblo. Y dado que ya no era un problema real, nadie reaccionó ni se luchó por nada.

La sensibilización y la concienciación eran simples utopías.

Lucía Cortázar se sentó en uno de los bancos del patio y abrió la carpeta que llevaba bajo el brazo. Llevaba tiempo recopilando información, y los últimos recortes de periódico estaban allí, todavía sin ser copiados en el informe, o lo que

15 **la inquietud** ≠ tranquilidad – 15 **menguar** reducir, disminuir – 17 **una oleada** → ola *fig aquí:* pensamiento – 20 **angelical** como un ángel, muy buena persona – 24 **claudicar** dejar de luchar por uc – 28 **una denuncia** comunicar a las autoridades uc ilegal – 28 **una fiscalía** Staatsanwaltschaft – 28 **el Tribunal Superior de Justicia** representante más alto de la justicia – 29 **prosperar** tener éxito – 34 **una carpeta** objeto cuadrado de cartón o plástico para llevar papeles – 35 **recopilar** buscar y coleccionar información sobre un tema – 35 **un recorte** fotos o noticias cortadas de un periódico

fuera que estaba redactando. Leyó los titulares principales y los secundarios. El de *El País:* «El número de alumnas marroquíes en el instituto cae en picado al llegar a secundaria», «Las familias no ven el instituto como una forma de promoción socioeconómica para sus hijas», «En el instituto se aprenden cosas malas de los españoles». *El Periódico:* «Niñas magrebíes con un alto grado de castellano, catalán y conocimientos generales, son obligadas a dejar de estudiar por sus padres», «Profesores declaran la anticonstitucionalidad del *hiyab*». *Avui:* «Una niña marroquí gana un premio de literatura en catalán». *La Vanguardia:* «La nula integración de muchas familias marroquíes dificulta la escolaridad de sus hijas». *El Mundo:* «Una niña huye para evitar una boda», «Integrismo y racismo, dos caras de una misma moneda». *ABC:* «Mi hija solo irá al instituto si va cubierta», «No pueden obligarla a hacer gimnasia ni ir a clases de música porque lo diga la ley española. Somos marroquíes».

El eterno pez mordiéndose la cola.

¿Qué fue antes, el huevo o la gallina?

¿Respetar costumbres que atentaban contra la libertad de las mujeres, en un país que había ganado el derecho a esa libertad, o callar para no complicar más el problema de la integración, dejando que, poco a poco, fueran las propias muchachas árabes las que cambiaran las cosas? Y mientras tanto, una o dos generaciones perdidas.

Leyó el primero de los artículos y se quedó con las frases que tenía subrayadas: «Solo el 35,8% de los 1180 marroquíes de entre 12 y 14 que hay en el primer ciclo de la ESO son chicas»; «Cuando las chicas llegan a la pubertad, las familias prefieren que vayan educándose en las tareas del hogar, que es lo que representa el ideal sublime de la mujer»; «No es únicamente un tema religioso, sencillamente no se da valor a que la chica estudie, y sí lo es contribuir al sostenimiento de la familia»; «En casos extremos en que los padres se niegan a la escolaridad, puede retirarse su patria potestad»…

3 **caer en picado** reducirse – 4 **la promoción** un mejor futuro – 12 **la escolaridad** matriculación en un colegio – 13 **huir** irse sin decir nada por miedo a uc – 15 **ir cubierto** no mostrar una parte o varias del cuerpo – 18 **el pez mordiéndose la cola** *loc* Teufelskreis – 19 **una gallina** animal que pone huevos – 28 **la ESO** Enseñanza Secundaria Obligatoria – 32 **dar valor a uc** ser importante – 33 **contribuir** participar en uc – 33 **el sostenimiento** ayudar a la familia a mantenerse – 35 **la patria potestad** la autoridad legal de los padres sobre los hijos

Por último, aquel editorial de *El País,* tan crucial: «La fiscalía de Catalunya ha cumplido con su deber al actuar contra cinco familias de origen magrebí residentes en España por sacar a sus hijas adolescentes del instituto después de tener la primera menstruación. Consciente de que la interrupción de la escolaridad de estas adolescentes se debe a motivaciones culturales fuertemente enraizadas en sus familias, la fiscalía ha actuado con especial prudencia. En principio ha optado por la vía de la persuasión judicial y ha emplazado legalmente a los padres a que cambien de actitud, en un intento de convencerlos de que sus criterios culturales no pueden estar por encima de la igualdad ante la ley. La inmigración no solo comienza a poner a prueba la tolerancia de los españoles frente a lo diferente, sino también la adaptación de los inmigrantes a los principios y valores en los que se asienta la democracia española. No hay que olvidar que la exigencia estricta de los deberes legales y constitucionales a los extranjeros residentes en España debe tener, como contrapartida, la de no despojarlos de los derechos básicos de la persona ni tratarlos como ciudadanos de segunda, como algunos dirigentes europeos propugnan en las nuevas normas sobre inmigración».

Dejó de leer y guardó los recortes de periódicos. Iba a sonar el timbre de vuelta a clase. Estaba ya casi segura de que Amina era la siguiente en la lista, como Sobiha. Y lo que más le dolía es que, encima, fuesen siempre las mejores, las más brillantes, las que tenían un auténtico futuro.

Se juró no quedarse de brazos cruzados.

Llegaría hasta las últimas consecuencias.

Esta vez sí.

7 **enraizado** eingewurzelt – 8 **la prudencia** tener cuidado al hacer uc – 9 **la persuasión** convencer a up con argumentos para que piense de una cierta forma – 9 **judicial** gerichtlich – 15 **asentarse** *aquí:* fundarse – 17 un *extranjero* **residente** que vive legalmente en España – 18 **una contrapartida** que produce el efecto contrario – 18 **despojar a up de uc** quitar uc a up – 21 **propugnar** defender – 27 **quedarse de brazos cruzados** *loc fam* no hacer nada

9 Martes por la tarde

Jonathan la estaba esperando a la salida del instituto, haciéndose un poco el distraído, como si aquello no fuese con nadie. La verdad es que a Estefanía le gustaba, y mucho, pero no tanto como para lanzarse de cabeza a una historia de la que no estaba segura. Le apreciaba como amigo, aunque le bastaba con mirarle a los ojos para darse cuenta de que lo que él sentía por ella iba más allá. Como decía Berta, todo el mundo andaba colado por quien no debía, porque ningún amor se correspondía con el otro. A ella le gustaba Ismael, a Jonathan ella, a Berta le iba Lucas y Lucas perdía el trasero por Teresa. Casi resultaba un milagro que en esas circunstancias un chico y una chica congeniasen hasta el punto de enamorarse el uno del otro.

Pero que sus sueños estuviesen monopolizados por Ismael, que por otra parte, en el fondo, era bastante cretino, no le impedía sentirse a gusto con Jonathan. A gusto y feliz de tenerle cerca. A diferencia de la explosiva Berta, él era cien por cien pacífico, cerebral, lleno de una profundidad quizás sorprendente para sus casi dieciocho años.

No se anduvo por las ramas, fue hacia él. Sabía que la esperaba.

—Hola, Jonathan.

—Hola, Estefanía –la arropó con una sonrisa–. ¿Todo bien?

—Sí.

—Ayer te fuiste a escape.

—Tenía una urgencia en casa.

Echaron a andar, uno al lado del otro. Hacían parte del camino juntos, aunque a veces él la acompañaba hasta su calle. Todo dependía de la conversación, del “buen rollo” y de otros factores que no siempre lograban dominar. Estefanía temía “darle cuerda”, que él llegara a pensar lo que no era. Y Jonathan, por su parte, intentaba encantarla, seducirla. Eso estaba claro.

5 **lanzarse de cabeza a uc** *loc* no pensar mucho en lo que se hace – 9 **andar colado por up** *fam fig* gustar mucho up – 11 **perder el trasero** *loc fam* estar loco por up, gustar mucho up – 12 **un milagro** Wunder – 13 **congeniar con up** entenderse bien con up – 16 **en el fondo** en realidad – 17 **sentirse a gusto con up** sentirse bien junto a up – 19 **pacífico** → paz – 21 **andarse por las ramas** *loc* no hablar de forma directa y clara – 26 **a escape** *loc* rápido – 30 **un buen rollo** *Esp fam* buen ambiente – 32 **dar cuerda a up** *fig aquí:* dar esperanza a up – 33 **seducir a up** coquetear con up

Formaba parte del juego.

Ninguno de los dos habló en los siguientes segundos, mientras se alejaban del instituto y de sus miradas depredadoras.

Estefanía le lanzó un vistazo de refilón. Su compañero era guapo, alto, cabello negro y ensortijado, ojos oscuros, labios sensuales, nariz recta y hombros anchos debido a los deportes que practicaba, sobre todo natación y baloncesto, aunque a esto último jugaba de base por ser el más bajo del equipo. Sus padres tenían la pastelería de la plaza mayor. Según Berta, solo por eso debería hacerle caso. Fue ella, también, la que el primer día le dijo:

—¿Pero has visto qué culito tiene?

Berta tenía fijaciones raras, aunque no era la única. Lo de los hombros anchos y los brazos bonitos, decía, estaba bien, pero era de lo más normal. En cambio, lo del trasero…

Le dio por sonreír.

—¿De qué te ríes? –salió él al quite.

—De una de las tonterías de Berta.

—Doña Temible.

—Ya sabes que le caes bien.

Estefanía, a veces, se esforzaba en imaginarse con Ismael, o con Jonathan, y le costaba. Estaba desubicada. Imaginaba que era por sentirse demasiado joven y, por tanto, vulnerable. Le temía al primer amor, a meter la pata, a equivocarse. ¿Cuánto tiempo llevaban sus padres juntos? Incluido el noviazgo, más de veinte años. Y eso era mucho tiempo. No debía de ser fácil aceptar a una persona al lado el resto de la vida. Y lo malo era que vivir en un pueblo delimitaba mucho las opciones. Todos se conocían. Muchas madres hablaban de casar a los hijos cuando fueran mayores. Como los marroquíes, pero sin dotes ni obligaciones, solo comentarios más o menos bien o mal dirigidos. Y habiendo tan poco donde escoger… Una prima suya se enrolló con quince años, le dio fuerte, se apartó de todo, de sus amigas, del mundo entero, y cuando rompieron

3 **alejarse de** irse lejos de un lugar – 4 *mirada* **depredadora** *aquí:* mirada curiosa, atenta – 5 **de refilón** *loc* de lado y rápidamente – 6 **ensortijado** Ringellocken – 8 **la natación** → nadar – 8 **el baloncesto** Basketball – 10 **una pastelería** tienda donde se venden tartas o dulces – 13 **un culito** *dim* trasero – 16 **un trasero** Hintern – 18 **salir al quite** *fam* defender a up – 21 **caer bien a up** *loc fam* parecerle simpático a up – 25 **meter la pata** *loc fam* ins Fettnäpfchen treten – 26 **un noviazgo** tiempo en el que dos personas son novias – 34 **enrollarse con up** *Esp fam* tener una relación amorosa con up – 34 *dar* **fuerte a up** *fam* ser una experiencia muy intensa

al cabo de dos años, ella se quedó sola, sin nada, sin nadie, destrozada.

Siempre pensaba en ella cuando la palabra amor le rondaba la cabeza.

Aunque, en el fondo, lo suyo tuviese otro nombre: miedo.

—Estás muy callada –dijo Jonathan.

—No es nada.

—¿Quieres que coja la moto y vayamos a dar una vuelta?

—Hoy no, gracias.

Era excitante ir en moto, por lo de la velocidad y porque sentía una rara sensación de libertad. Pero Jonathan se lo proponía por una simple razón: ella debía sujetarse a él, le rodeaba con los brazos, se apretaba contra su cuerpo. Una forma encubierta de abrazo.

No quiso molestarle.

—Es que no estoy de humor –le confesó.

—Lo siento.

—No es por ti, tonto –le dio un golpecito en el brazo–. Es por Amina.

—¿Qué le pasa?

—No lo sé –mintió–. Lleva dos días sin venir a clase.

—¿Y qué? Estará enferma.

—No, ella no. Tiene problemas en su casa.

—¿Qué clase de problemas?

Se mordió el labio para no decir la verdad.

—No estoy segura. Ya sabes que no habla mucho de su familia.

—¿Sabes que a Mario le gusta?

—¿En serio?

—Sí, mucho, pero ya le he dicho que se lo quite de la cabeza, que no tiene nada que hacer.

—¿Y qué ha dicho Mario?

—Pasa de mí, claro –se echó a reír.

Si Mario supiera... Y si Jonathan supiera... Si todos supieran la verdad.

Una verdad que solo conocía ella, el gran secreto. Y empezaba a pesarle, porque tarde o temprano aquello crecería hasta convertirse en un terremoto en el pueblo, estaba segura. Una verdadera explosión.

14 *abrazo* **encubierto** sin que se note – 21 **mentir** no decir la verdad – 30 **quitarse uc de la cabeza** *fam* olvidar uc

Pensó en su miedo, su fijación por Ismael, o el amor de Jonathan por ella. Aunque se dieran golpes contra mil paredes, podían elegir. Amina no. Si perdía aquella batalla, se la llevarían a un pueblo perdido en algún lugar de Marruecos, y se pasaría el resto de su vida siendo la esposa de un hombre mayor que, una vez muerto, la dejaría viuda quizás con treinta años, la edad en que cualquier mujer española empezaba realmente a vivir. Ni siquiera sabía si podían volver a casarse, o si alguien las aceptaba después de haber sido antes de otro hombre.

Tanta ignorancia...

Pasaron por la plaza. En el bar vio a un grupo de ancianos. La simple idea de casarse con uno la hizo estremecer.

¿Quién no necesita el amor, haya nacido donde haya nacido?

Según Berta, ella era romántica. Estefanía no estaba de acuerdo, se enfadaba cuando se lo repetía, insistente. Pero en el fondo de su corazón, aunque le doliera, reconocía que sí, que cada vez más el romanticismo iba envolviéndole el corazón.

Temía que eso la hiciera débil.

Quería ser fuerte.

Pero a lo largo de las últimas horas, con Amina y su problema allá arriba, en el desván de su casa, todo su mundo se le estaba resquebrajando, incapaz de sostenerla.

Empezaba a darse cuenta de que habría un antes y un después de todo aquello.

—¿Qué piensas de Amina, Jonathan? –le preguntó a su compañero, incapaz de soportar más aquella silenciosa opresión de su mente.

2 **darse golpes contra una pared** *loc fam fig* equivocarse – 3 **una batalla** Schlacht – 6 **una viuda** mujer a la que se le ha muerto el marido o mujer – 11 **un anciano** persona mayor y vieja – 18 **envolver uc** einwickeln – 19 **débil** ≠ fuerte – 23 **resquebrajarse** romperse – 27 **soportar** ertragen – 28 **una opresión** falta de libertad

10 Martes por la noche

Eran más de las doce de la noche, casi la una. Sus padres dormían, y ella, en cambio, seguía allí, con ella, hablando, hablando, incapaz de dejarla sola, tratando de comprenderla un poco más, un poco mejor. Intentando hacer un curso acelerado de islamismo, musulmanismo o arabismo, como lo llamaran.

Amina parecía a veces rota y a veces fuerte, a veces al borde de la ruptura emocional y a veces firme y dispuesta a llevar hasta las últimas consecuencias su desafío. En un momento lloraba víctima de su desconsuelo y el abrumador peso de aquella soledad, y al siguiente minuto le reía una gracia.

De niña a mujer y vuelta a lo primero.

Esta vez le había llevado sopa, un poco de carne, un poco de tortilla, pan, unas natillas y un refresco de cola. Su "invitada" no había probado el embutido. Por lo menos recuperaba el apetito. También tenía una docena de libros y pilas suficientes para alimentar la linterna, bajo cuya luz se encontraban ahora, dando un aire espectral al lugar.

—¿De dónde son estos muebles? –le preguntó la joven marroquí.

—De nuestra antigua casa y de casa de mi abuela, la que se murió. Mi madre nunca tira nada.

—He visto ropa, y cosas –vaciló Amina.

—Tranquila, puedes curiosear –le quitó importancia Estefanía–. Hay un montón de cajones que mi madre siempre dice que examinará cuando tenga tiempo, y como nunca lo tiene… A lo mejor un día lo hago yo. Cuando lo trajimos vi que había cartas.

—A mí me gustaría saber cosas de mis padres y mis abuelos –confesó ella.

—Yo me sentiría un poco incómoda, no sé.

—¿Por qué?

6 **acelerado** rápido – 8 **roto** *aquí:* sin fuerza – 9 **llevar hasta las últimas consecuencias uc** hacer uc hasta el final sin importar qué ocurra – 10 **un desafío** rebelarse contra uc, lucha – 11 **el desconsuelo** angustia grande o pena profunda – 12 **una gracia** → gracioso – 15 **unas natillas** *pl* típico postre español parecido al pudding – 17 **una pila** Batterie – 24 **vacilar** dudar – 25 **curiosear** mirar, *hurgar* (herumwühlen) uc que no es propia – 26 **un montón** muchos – 28 **a lo mejor** *loc* quizás – 32 *sentirse/estar* **incómodo** no sentirse bien con uc o en una situación

—Es cuestión de piel –se estremeció–. Me da cosa, ya sabes –movió los diez dedos de las manos.

—Qué tonta eres –se rió Amina.

—Sí, ¿verdad? –le dio la razón Estefanía.

—¿Tú hablas mucho con tus padres?

—No.

—¿Nada?

—Mucho, no; nada, tampoco. Les cuento lo que me interesa, y ellos hacen lo mismo.

—Es extraño.

—¿Por qué?

—A mí me gusta oír historias. ¿Cómo voy a escribirlas un día si no las sé?

—¿Tú sabes la historia de tu familia?

—Sí, un poco.

—Pero será la que te hayan contado ellos.

—Claro.

—Entonces, seguro que habrán cambiado un montón de cosas. Mi madre a mí me viene siempre con el rollo de la virginidad, y me dijo una vez que ella, hasta que no se casó, nada de nada. Y, en cambio, un día la pillé riendo con una amiga, hablando de su primera vez, y, por lo que cacé, fue dos o tres años antes de la boda. Menudos son.

—Bueno, es que de esos temas en mi casa no se habla. Se da por sentado que yo no me acostaré con nadie hasta que me case.

Las palabras "casarse" y "boda" volvieron a recordarle su problema. Apretó las piernas contra su pecho, abrazándolas a la altura de los tobillos, y apoyó la cabeza sobre las rodillas. Los libros estaban amontonados sobre un mueble, a un lado los no leídos y al otro los tres que ya llevaba devorados en aquellos dos días. Su desamparo y lo disperso de todo el desván contrastaban con la serenidad que, a veces, emanaba de su mirada y su voz.

—¿No te sorprende que no pase nada? –preguntó Estefanía.

1 **dar cosa** *fam* sentirse incómodo – 20 **la virginidad** cualidad de up que nunca ha tenido relaciones sexuales (→ virgen) – 22 **cazar** *fig aquí:* escuchar – 23 **menudo** was für ein/e + SUBS – 25 **dar por sentado** *loc* suponer uc, estar clara uc o situación – 25 **acostarse con up** tener relaciones sexuales con up – 29 **un tobillo** parte del cuerpo que une el pie y la pierna – 30 *estar* **amontonado** estar uc encima de otra – 31 **devorado** *fig aquí:* leer de forma rápida – 32 **el desamparo** estar sin protección – 32 **disperso** que está repartido en diferentes espacios o direcciones – 33 **emanar** proceder de uc

—Seguro que piensan que voy a volver.

—¿Y cuando vean que no es así?

—No lo sé –susurró–. Lamento que lo estén pasando mal.

—¿Ellos? –se enfadó Estefanía–. ¿Y tú? ¡A ti es a quien quieren llevarse a la fuerza para casarte con un viudo asqueroso!

—Mi madre no va a entender mi rechazo, ni esta huida.

—Pues mira, que aprenda.

—Para ti es fácil decirlo. Mi madre ha tenido nueve hijos, y ella, a su vez, tuvo once hermanos y hermanas, lo mismo que mi padre, que tiene siete. Yo no recuerdo la vida en Marruecos, pero me han contado que era muy dura, mucho. Mi padre casi se murió al cruzar el estrecho de Gibraltar en patera.

—¿Vino en patera? –abrió los ojos Estefanía.

—Las tres primeras veces sí.

—¿Cómo que las tres primeras veces? –alucinó aún más.

—Tenía diecisiete años cuando lo intentó, sin decirles nada a sus padres –dijo Amina–. Trabajó mucho, más de un año, y pagó su pasaje a un hombre que le engañó, a él y a todos los demás. Los hizo subir a una barca, de noche, en un lugar de la costa sin luces, se alejaron un poco y dos o tres horas después regresó diciéndoles que ya estaban en España, que llegaran a tierra y echaran a correr sin parar. Todo fue tan tranquilo, tan bien, que mi padre apenas podía creer en su suerte. Desembarcó, echó a correr, llegó a una carretera, se escondió al oír voces... y entonces descubrió que seguía en Marruecos, que aquel hombre los había estafado a todos.

—¡Qué guarro!

—Las mafias que controlan todo esto son muy sucias –asintió Amina–. De lo peor. Abusan de la necesidad de las personas.

—¿Qué ocurrió la segunda vez? –se interesó Estefanía.

—Lo probó dos años después. Ahorró sin descanso y en esta ocasión se aseguró de que el tratante fuese de fiar. Cruzaron el estrecho y, al llegar a la costa española, la Guardia Civil los estaba esperando. Algunos murieron ahogados al no saber nadar, porque el dueño de la patera los obligó a echarse al

6 **una huida** → huir – 12 **una patera** embarcación pequeña y de madera en la que los emigrantes cruzan el Estrecho – 18 **un pasaje** ticket para viajar en tren, avión, autobús, barco – 19 **una barca** embarcación pequeña de madera – 24 **desembarcar** *de un avión, de un barco:* bajar – 26 **estafar a up** engañar – 27 **un guarro** *vulg aquí:* mala persona – 33 **un tratante** up que hace negocio con uc – 33 **de fiar** *loc* up en la que se pueda confiar – 34 **la Guardia Civil** cuerpo de seguridad español que controla principalmente las costas, las fronteras y las carreteras

agua para escapar y no ser detenido. Mi padre tampoco sabía nadar, pero tuvo suerte de quedar varado en unas rocas. Entre la confusión, fue de los pocos en librarse. Consiguió llegar a Almería, donde una organización le ayudó, le dio comida y ropa, y así fue como llegó a trabajar unos meses en las tomateras de El Ejido. Cuenta cosas espantosas de ese tiempo, de cómo vivían hacinados en barracas, del día en que unos chicos quemaron a uno de sus compañeros... Finalmente, volvieron a cogerle y le enviaron a Marruecos otra vez.

—¿Y aún tuvo ganas de volver?

—Sí, cuando ya estaba casado con mi madre y tenía a mi hermana mayor. O eso, o pasar hambre. Traficó con hachís para reunir dinero en el menor tiempo posible, aun a riesgo de acabar en la cárcel, porque estaba desesperado, y se embarcó de nuevo en una patera. En esta oportunidad no sucedió nada: trabajó en Murcia, Alicante y Barcelona, y se instaló en distintas comarcas recolectando frutas o haciendo apaños. Tardó tres años en regresar, pero cuando lo hizo ya tenía papeles, y el cuarto viaje lo hizo de manera legal, tan orgulloso... Tras esto, poco a poco, nos trajo a todos y hasta tuvo suerte: le tocó algo de dinero en una lotería que le regalaron –concluyó Amina–. Y aquí estamos.

—Duro, ¿no?

—Mucho –asintió la chica–. ¿Comprendes por qué no quiero hacerles daño?

—Ellos te lo hacen a ti.

—Es lo que intento que entiendan. Si no lo consigo...

—Lo he estado preguntando –recordó–. La ley española puede retirarles una cosa que se llama la patria potestad, o sea,

1 *ser* **detenido** → detener a up – 2 *quedar* **varado** quedar parado o detenido – 2 **una roca** piedra grande – 3 **librarse** salvarse de uc – 6 **una tomatera** campos de tomates – 6 **El Ejido** ciudad de la provincia de Almería (Andalucía), famosa por sus *invernaderos* (Gewächshaus), que (sobre todo en invierno) exporta fruta y verdura a toda Europa y por las condiciones de *explotación* (Ausbeutung) de muchos trabajadores inmigrantes. También conocida por un grave conflicto racista producido en febrero de 2000, cuando un inmigrante marroquí mató a una mujer española. Como consecuencia, explotó una ola de violencia contra los inmigrantes marroquíes del Ejido que duró 10 días – 7 *vivir* **hacinado** vivir en un lugar muy pequeño y con muy poco espacio – 7 **una barraca** casa de construcción pobre y provisional – 12 **traficar** hacer negocios ilegales – 14 **una cárcel** lugar donde meten a personas que hacen uc mala – 14 **embarcarse** *en un barco, avión:* subir – 17 **una comarca** región – 17 **recolectar** recoger los productos cultivados en el campo – 17 **hacer apaños** trabajar reparando cosas – 18 *tener* **papeles** *pl* documentos que necesitan los emigrantes para vivir legalmente en un país – 20 **tocar algo de dinero** ganar dinero en un juego

sus derechos sobre ti. Entonces te acogería la Administración y…

—¡Yo no quiero eso! –se asustó Amina–. ¡Necesito a mi familia!

—¡Eso no es cierto! –se enfadó Estefanía–. ¡Tú necesitas ser libre para estudiar y hacer lo que te dé la gana!

—No, así no. ¡No se puede vivir sin la familia!

—Chica –suspiró cruzándose de brazos–. Eres la leche.

—No lo entiendes –lamentó Amina.

—Tú naciste en Marruecos, pero tienes ya hermanos nacidos en España, ¿no?

—Sí, pero mis padres siguen fieles a sus tradiciones, eso no cambia nada.

—¿Crees que puedan tener miedo por el escándalo que habrá cuando se sepan tus motivos para fugarte?

—No lo sé –reconoció Amina con espanto.

—Seguro que acaban yendo a la policía –dijo Estefanía–. Si te quieren, y eso dices, no pueden pasar más días sin saber de ti. Mi madre se volvería loca si yo desapareciera sin dejar rastro. Esta será tu tercera noche fuera de casa, tía, y eso ya es bastante fuerte.

Se hacía más y más tarde.

De pronto, las dos se sintieron muy cansadas.

Y el día siguiente podía ser el decisivo.

Estefanía se resignó. Dejó el extremo de la cama en el que estaba sentada en cuclillas y fue hasta el otro. Le dio un beso a su amiga en la mejilla y se encontró con su abrazo silencioso y cálido, tan fuerte como cada vez que se reunían. Ya no hubo más palabras salvo un sucinto:

—Buenas noches, que descanses.

—Buenas noches.

Cuando se metió en su cama, entre la comodidad de sus sábanas, bajo el techo de su habitación, rodeada por sus cosas y su pequeño mundo, con sus padres y su hermano allí, tan cerca, comprendió su suerte, su tremenda suerte, aunque nunca antes hubiese creído que eso, lo normal, pudiese llamarse así.

6 **hacer lo que te dé la gana** *fam* hacer lo que up quiere – 8 *ser* **la leche** *Esp coloq fig* ser increíble – 12 **fiel** *aquí:* que cree en uc – 15 **fugarse** irse de un lugar, huir – 20 **sin dejar rastro** spurlos (verschwinden) – 24 *ser* **decisivo** ser muy importante – 26 **en cuclillas** *f pl loc* in Hockstellung – 29 **sucinto** breve, corto – 33 **una sábana** tejido fino que se pone en la cama – 35 **tremenda** *suerte* que tiene mucha suerte

11 Miércoles por la mañana

Lo primero que hizo Lucía Cortázar al llegar al instituto aquella mañana, fue ir a la clase de Cuarto A para comprobar si Amina El Hachmi se encontraba allí. Era temprano, faltaban todavía cinco minutos, así que tuvo que esperar a que llegasen todos y la primera asignatura del día, que era la suya, se iniciara.

No entró en el aula.

La silla vacía de su alumna le hizo apretar las mandíbulas.

Entonces caminó resuelta hacia el despacho de Matilde, para comenzar a mover los hilos pertinentes, alertada por la casi completa seguridad de que algo grave estaba sucediendo con la niña.

En esta ocasión, la puerta de la directora se encontraba cerrada. De tan ofuscada como se encontraba, ni siquiera llamó como era preceptivo para anunciarse. La abrió de golpe, dispuesta a discutir con quien hiciera falta para averiguar si Amina no iba al instituto por lo que ella sospechaba, y lo que se encontró la dejó prácticamente sin habla.

Matilde estaba de pie en mitad del despacho, con las manos unidas como en un rezo, y frente a ella había dos hombres, uno de los cuales vestía el uniforme de la Policía Nacional.

Los tres la miraron de lleno.

—Perdón, yo... –empezó a excusarse Lucía.

—Pasa, por favor. Iba a llamarte –le pidió la directora del IES, y dirigiéndose a sus visitantes anunció–: La profesora Cortázar da lengua y literatura. Es profesora de Amina y precisamente ayer me hablaba del tema, extrañada por su ausencia.

Se sobresaltó al escuchar el nombre.

—¿Le ha sucedido algo a Amina? –preguntó tensa.

El policía que no iba de uniforme, probablemente un inspector, se lo dijo de una forma que más bien pareció un disparo suave, pero un disparo al fin y al cabo.

—Amina El Hachmi ha desaparecido –le buscó un anillo en la mano y, al no encontrarlo, aventuró–, señorita.

9 **una mandíbula** huesos que forman la boca y en la que están los dientes – 11 **mover los hilos** actuar, hacer uc – 15 **ofuscado** confuso, no tener las ideas claras – 16 **preceptivo** que es norma, costumbre – 16 **de golpe** *fam* con rapidez y fuerza – 17 **averiguar** hacer up preguntas para conseguir información – 21 **un rezo** oración para pedir a Dios uc – 23 **de lleno** de arriba a abajo – 25 **IES** instituto de educación secundaria – 30 **tenso** ≠ relajado – 33 **un disparo** Schuss – 34 **un anillo** objeto circular que se pone en el dedo

—¿Cómo que ha desaparecido? –se sobresaltó aún más– Aquí no desaparece nadie. Esto es…

Se dio cuenta de la estupidez de su comentario y se calló.

—¿La conoce usted bien? –quiso saber el hombre.

—Como al resto de las alumnas y alumnos.

—Pero ha mostrado interés por el hecho de no haber asistido a clase. ¿Eso es normal? Quiero decir que todos los chicos y chicas faltan a clase alguna vez a lo largo de un curso escolar, ¿no es así?

—Amina no, y en su caso…

—¿Cuál es su caso?

Lucía Cortázar miró a Matilde. Ya no se calló.

—A muchas escolares magrebíes las obligan a dejar el instituto entre los trece y los quince años aproximadamente, para que se queden en sus casas ayudando a la madre.

—¿Esa era su preocupación?

—Sí.

—Pero aquí, como ve, se trata de una desaparición.

Lucía parpadeó.

—¿Cuándo…?

—Sus padres lo denunciaron anoche.

—Amina no viene a clase desde el lunes por la mañana.

—Ellos creyeron que se trataba de una chiquillada, y que volvería; de ahí que esperaran dos días antes de llamarnos.

—¿No es raro?

—No, tratándose de inmigrantes –aseguró el inspector–. Están aquí legalmente, pero la policía, para ellos, siempre representa… Bueno, ya sabe.

—Recelo –suspiró Lucía.

El hombre sonrió levemente por la delicadeza de la palabra empleada. Era relativamente joven, como de treinta y muchos, rostro franco, ojos sinceros, labios bien dibujados y una sonrisa que inspiraba confianza. De no tratarse de una situación excepcional, a ella le habría parecido atractivo.

Bueno, lo era. La situación no tenía nada que ver con eso.

—¿Qué puede decirnos de Amina, señorita Cortázar?

1 **sobresaltarse** asustarse – 6 **asistir a un lugar** ir con frecuencia a un lugar – 19 **parpadear** abrir y cerrar los ojos con rapidez – 21 **denunciar uc** comunicar a la policía uc – 21 **anoche** en la noche de ayer – 23 **una chiquillada** *fam* acción poco seria, típica de niños – 29 **el recelo** ≠ confianza – 32 **franco** sincero

—Que es muy buena estudiante, que tiene un futuro prometedor y que es una de mis mejores alumnas.

—¿Tiene amigos aquí?

—¿En el instituto? Pues... no lo sé. Ella es algo retraída, y para los demás, sinceramente, no deja de ser un bicho raro, aunque nunca he detectado problemas de racismo, si es a lo que se refiere.

—¿Bicho raro?

—Viene a clase con el pañuelo blanco en la cabeza, está dispensada de hacer alguna asignatura, como la gimnasia, lo cual ha creado problemas con otras chicas...

—Los padres de una niña que es muy obesa protestaron alegando que su hija también debería estar dispensada a causa de su problema –intervino Matilde, a la que la irrupción de Lucía había relegado a un segundo plano.

—A estas edades los chicos y las chicas pueden ser muy crueles –dijo Lucía–, pero al menos en este centro no hemos detectado nada de eso, sobre todo teniendo en cuenta la población magrebí del entorno. Aquí reina la paz.

—¿Está integrada?

—Sí, totalmente. Amina lleva en España muchos años, así que habla el castellano mejor que usted y que yo, y lo escribe de maravilla. Es algo más que una alumna, si me permite decirlo. Es brillante.

—¿Algún novio?

—¿Ella? No, imposible. Del todo.

—¿Y lo de los amigos?

—La he visto hablar con muchas chicas en general, es todo lo que puedo decirle. No sé si tiene esa clásica "mejor amiga", aunque desde luego podemos preguntarlo en clase.

—¿Me ayudaría usted?

—¿A qué?

—A averiguarlo –sonrió el inspector con aquella suave delicadeza que ya empezaba a caracterizarle–. Estoy en su terreno, y no quisiera causar problemas ni mucho menos alarma social. La policía no pasa desapercibida en un instituto.

2 **prometedor** → prometer – 4 **retraído** tímido y poco comunicativo – 5 **un bicho raro** *despect fam* se dice de up que es distinta por su aspecto físico, sus costumbres, forma de actuar – 10 *estar* **dispensado de** no tener que hacer uc – 12 **obeso** gordo – 13 **alegar** argumentar – 14 **intervenir** participar en uc – 15 **relegar** dejar a uc/up en segundo plano – 18 **tener en cuenta** pensar en uc o up – 23 **de maravilla** *loc* muy bien – 35 **un terreno** territorio, ambiente – 36 **no pasar uc o up desapercibida** que se nota su presencia

—Por supuesto, cuente conmigo –asintió ella.

—¿Le importaría que fuese ahora?

—¿Ahora? –miró a Matilde.

—Esto va a alterar el funcionamiento de las clases –lamentó la directora–, pero, de cualquier forma, que una alumna desaparezca ya es bastante perturbador. Haz lo que sea, Lucía.

—De acuerdo. Entonces, acompáñenme –tomó las riendas de la situación.

Era mejor que no hacer nada y esperar noticias.

Después de todo, sí le había sucedido algo a Amina.

Aunque fuese lo más inesperado.

4 **alterar** cambiar – 6 **perturbador** intranquilo, confuso – 7 **tomar las riendas de uc** *loc* tomar el control de una situación – 11 **inesperado** uc que no se espera

12 Miércoles por la mañana

Estefanía miró el reloj.

Pasaban siete minutos de la hora de inicio de la clase, algo de lo más excepcional tratándose de la señorita Cortázar. Lo más extraño es que la habían visto al llegar, o sea que estaba allí, en el centro. Su ausencia no tenía mucha lógica, salvo que sucediera algo importante. Un imprevisto.

Se quedó pálida cuando la vio aparecer por la puerta acompañada por dos hombres, uno de ellos un policía.

Pálida y sin respiración.

Primero, miró el asiento vacío de Amina. Después, buscó el apoyo siempre vital de Berta, pero ella estaba tan absorta como el resto ante aquella presencia inaudita. Además, Berta no sabía nada.

Aquello era cosa suya.

Suya y de nadie más.

Pensó que todos se darían cuenta de su estado, comenzando por la profesora y por los dos hombres, así que se tapó la cara con las dos manos. No supo adonde mirar.

Lucía Cortázar no tuvo que pedir silencio ni atención.

—Escuchadme –anunció–. Ha surgido un pequeño problema, que espero no revista excesiva importancia y se solucione muy pronto y bien; pero necesitamos de vuestra ayuda, ¿de acuerdo?

Hizo ademán de dar un paso hacia el hombre de paisano, pero este la invitó a seguir con una sonrisa de aliento. La profesora de lengua y literatura volvió a tomar las riendas del asunto.

Mientras, el hombre los iba mirando a todos, uno a uno.

—Supongo que os habéis dado cuenta de que, desde el lunes, Amina El Hachmi no ha asistido a clase –dijo despacio la profesora, escogiendo cada una de sus palabras–. La policía está hoy aquí porque, por lo visto, Amina ha desaparecido.

7 **un imprevisto** uc inesperada – 12 *estar* **absorto** estar muy concentrado en uc y no enterarse de nada – 13 **inaudito** que causa asombro o sorpresa – 18 **taparse la cara con las manos** ponerse las manos en la cara – 22 **revestir** *aquí:* tener – 25 *hacer* **ademán** hacer un gesto o movimiento – 25 **de paisano** *loc* sin uniforme de policía – 26 **el aliento** *aquí:* ánimo para continuar con uc – 32 **escoger** elegir – 33 **por lo visto** al parecer, según parece

Se produjeron los inevitables murmullos de sorpresa, acallados como por una ráfaga de viento tan rápido como habían surgido.

—Lo más seguro es que se trate de una chiquillada –insistió ella–, pero hay que tomar en consideración todos los elementos de un caso así, ¿comprendido?

Hubo tres o cuatro asentimientos de cabeza. El resto permanecía atrapado por lo insólito del tema.

—Mc gustaría que recordarais cuándo fue la última vez que la visteis después de las clases del viernes pasado –las exhortó Lucía.

Nadie habló. Ella miró de soslayo al inspector. Este le hizo una seña para que continuara, decidido a no intervenir de momento.

—¿Nadie vio a Amina el sábado o el domingo?

—Los sábados y domingos no salía de su casa –le recordó Berta, que por algo era la mayor de todos ellos al repetir curso.

—Según sus padres, el domingo por la tarde estaba en casa. De pronto, a la hora de la cena, advirtieron que ya no se encontraba allí y no han vuelto a verla.

El mismo silencio.

—Por favor –el tono de la profesora era de súplica–. Comprended que si sabéis algo tenéis que decirlo. Cualquier información puede ser muy importante para encontrarla.

Estefanía se encontró encima la mirada de Berta. Su amiga tenía el ceño fruncido. Ahora se puso roja.

Nunca lograba disimular sus emociones. Era espantoso.

—De acuerdo –suspiró Lucía Cortázar–. Vayamos al viernes. ¿Con quién habló?

Se miraron entre sí, y de nuevo fue Berta la que tomó la voz cantante.

—Con todas, imagino.

—¿Hizo algún comentario?

Más miradas, el mismo silencio.

—¿Alguien la notó rara?

Berta le lanzó otra mirada a Estefanía.

—Creo que estaba preocupada por algo.

1 **un murmullo** ruido continuo y suave que no se entiende bien – 2 **una ráfaga de viento** viento fuerte y de poca duración – 10 **exhortar** pedir a up que haga uc – 12 **de soslayo** *loc* de lado – 19 **advertir uc** darse cuenta de uc, notar – 22 **una suplica** pedir algo con respeto y humildad – 27 **disimular** ocultar uc para que no se note o se vea – 27 **espantoso** horrible – 30 **entre sí** *loc* unos a otros – 30 **tomar la voz cantante** up que dirige un grupo o es el portavoz – 36 **lanzar** *aquí:* dirigir

Ahora sí, por primera vez, intervino el inspector de policía.

—¿Por qué?

—No lo sé –fue sincera Berta–. Lo único que puedo decir es que estaba muy poco comunicativa.

—¿Tiene alguna amiga íntima? –preguntó el hombre.

Dos o tres miraron a Estefanía, incluida Berta. El gesto no pasó desapercibido para la profesora ni para los policías.

—¿Estefanía? –pronunció el nombre Lucía Cortázar.

—No somos íntimas –le costó hablar–. Nunca salimos juntas ni nada de eso. Nos vemos aquí, en el instituto, y nada más. Todos sabéis que es bastante reservada para sus cosas y habla muy poco de su casa. Si sus padres no saben qué le ha pasado…

Trató de que esta última frase tuviera sentido y penetrara en las mentes de los tres adultos que aguardaban en la tarima del aula, pero no advirtió ninguna reacción en ellos.

Los padres de Amina habían denunciado su desaparición, pero probablemente no las causas.

Y si las decía ella, sospecharían.

—Escuchad –se resignó la profesora–. Sé que esto os ha causado cierta impresión y que ahora mismo quizás estéis colapsados. Pero, por favor, a lo largo del día de hoy, haced un esfuerzo y tratad de recordar algo, lo que sea. Cualquier indicio puede ayudarnos. En este caso, callar por amistad o por el motivo que sea no puede ayudar a Amina, todo lo contrario. Podéis venir a verme en el momento que sea, o llamarme a casa más tarde o por la noche. Yo estaré en contacto con la policía.

Se enfrentó a sus juveniles rostros de pasmo.

Después, los dos policías y ella salieron del aula y permanecieron fuera un minuto más hasta que se despidieron. Estefanía vio cómo su profesora les estrechaba la mano y cómo el hombre que no iba de uniforme le daba una tarjeta. Cuando regresó para dar comienzo a la clase, nadie estaba precisamente para darla.

—Ahora que estamos solos –insistió Lucía Cortázar–, si alguien tiene algo que decir, por favor, que lo diga.

Estefanía era un falso bloque de cemento. Resistió incluso la enésima mirada de Berta.

7 *no pasar* **desapercibido** notar, percibir uc – 15 **aguardar** esperar – 15 **una tarima** plataforma de madera – 22 **colapsado** *aquí:* confuso – 29 **un pasmo** *fam* sorpresa o admiración por uc que dejan a up sin poder hablar – 32 **estrecharse la mano** darse la mano para saludarse o despedirse – 39 **enésimo** que pasa muchas veces (zigste)

13 Miércoles por la mañana

Temía el momento, pero fue inevitable.

Berta la asaltó sin darle un segundo de respiro cuando salían al patio.

—Vamos –la agarró del brazo y la arrastró hacia el otro extremo del espacio dedicado a juegos y esparcimiento.

—Ya voy, suéltame –protestó Estefanía.

—Empieza a escupir, venga –la apremió.

—¿Y a ti qué te pasa? –se enfadó por el tono de voz de su amiga.

—¿A mí? ¿Qué me pasa a mí? –puso cara de pasmo–. Va, ¿qué sabes?

—¿Yo?

—¡Venga, tía! –hizo un gesto desabrido–. ¿ Te crees que no sé sumar dos y dos? Anteayer, de pronto, te dio por hablar de Amina.

—¿Y qué?

—¡Joder, ya vale! –casi gritó–. No le di importancia al tema, pero ahora recuerdo bien que te pregunté qué te pasaba, porque parecías colgada de una nube. Me dijiste: «¿Qué quieres que pase por aquí?». Y luego, sin más, me soltaste lo de que Amina no había venido a clase, y empezamos a hablar de ella, que si qué me parecía, que si tal y que si cual. ¿Lo llamas casualidad?

—Sí.

—¡Amina acababa de desaparecer y lo llamas casualidad!

Trató de sostener su mirada y empezó a hundirse.

—Dime una cosa –Berta estaba más seria de lo que jamás la recordaba–. ¿Somos amigas?

—Sí.

—Entonces, ¿es que no te fías de mí?

3 **asaltar** a up *fig* dirigirse a up para preguntarle uc bruscamente – 5 **arrastrar** a up tirar de up con fuerza – 6 **un esparcimiento** lugar para divertirse, jugar – 7 **soltar a up** ≠ coger a up – 8 *empieza a* **escupir** *fig* empezar a hablar – 8 **apremiar a up** hacer que up haga uc rápidamente – 11 **va** *interj fam* venga, vamos – 14 **desabrido** poco amable – 15 **no saber sumar dos y dos** ser tonto – 15 **anteayer** el día antes de ayer – 15 **dar a up por uc** querer hacer uc – 18 **joder** *interj vulg* mierda – 21 **sin más** sin ninguna razón – 21 **soltar uc a up** *fam aquí:* decir uc a up – 23 **que si tal que si cual** *fam* para referirse a las palabras de otra persona que no se cree necesario repetir – 24 **una casualidad** Zufall – 27 **hundirse** *fig* no poder mantener la presión

Se rindió sabiendo que no podía luchar contra ella. Demasiado perspicaz, demasiado lista aunque repitiera curso, demasiado fuerte de carácter para mentirla o detenerla.

Ya no.

Y tenía razón: era su amiga. Las dos, tan raritas en el fondo como para necesitarse.

—Le juré a Amina no decir nada a nadie –suspiró.

—¡Yo no soy nadie, soy Berta!

—Pero si hablas o te vas de la lengua o…

—Oye, mírame –la sujetó por los brazos, obligándola a levantar la cabeza, que acababa de dejar caer a peso sobre su pecho–. En primer lugar, no soy una cotilla: sé guardar un secreto. En segundo lugar, si tú me dices que no hable, yo no hablo. Soy una tumba. Y si me dices que no es cosa mía te equivocas, porque si es cosa tuya a mí también me afecta. No sé si lo sabes, pero eso es la amistad. Tú compartes, yo comparto. Por último, me parece que esto, lo que sea, es demasiado gordo como para que lo guardes tu sola, ¿estamos?

—Sí.

—¿Me equivoco?

—No.

—Pues ya lo estás soltando.

Estefanía llenó los pulmones de aire.

—Júrame que no dirás nada.

—Te lo juro.

—Amina se ha escapado de su casa.

—Esa es la noticia del siglo pasado –la corrigió Berta–. Dime algo que yo no sepa.

—Querían llevársela a Marruecos para casarla allí con un hombre viudo de cincuenta años.

Logró impactarla. La cara de su amiga se acartonó.

—¿Qué?

—Lo que has oído –Estefanía se sintió liberada, y más fuerte–. Lo comentamos el otro día, ¿recuerdas? Hablábamos de chicas obligadas por los padres a casarse y todo eso. Bueno, pues a Amina le había tocado. Se iba a quedar allá, sin poder regresar, ni estudiar, ni…

3 **mentirla** mentirle *(uso incorrecto de* la *en vez de* le*)* – 5 **rarito** *dim* raro – 9 **irse de la lengua** *loc fam* contar un secreto – 12 **un(a) cotilla** *m y f fam Esp* up a la que le gusta saber cosas de la vida de otras personas – 14 *ser* **una tumba** *fam fig* up que sabe guardar un secreto – 15 **afectar uc a up** betreffen – 23 **llenar los pulmones de aire** respirar – 31 **acartonarse** *la cara fig* la cara se pone en tensión, rígida como el cartón – 33 **liberado** → libre

—¿Con un tío baboso de cincuenta años?

—Y viudo.

—¡Jesús! –exclamó.

—Se lo dijeron hace unos días y la pobre no supo qué hacer, así que el domingo, cuando comprendió que el viaje era inminente, decidió irse. No se le ocurrió otra cosa.

—No me extraña –reaccionó frunciendo el ceño–. ¿Y tú cómo lo sabes?

—Porque me lo dijo.

—¿Cuándo?

—El domingo.

—¿La viste el domingo?

—Al marcharse, sí.

—¿Adonde se fue?

—No lo sé –mintió.

—Estefanía…

—¡Que no lo sé!

No podía traicionarla tanto. Berta insistiría en verla, así que en eso no iba a transigir. Después de todo, ¿quién podía imaginar que la tenía oculta en su casa, en aquel prodigioso desván lleno de muebles viejos?

—¿Y por qué no se lo has dicho al menos a la señorita Cortázar?

—Porque Amina me hizo jurar que callaría, y ya ves. ¡Tú también lo has jurado!

—¡Ellos solo han denunciado su desaparición! –saltó de forma encendida y vehemente–. ¡Si la pillan y la hacen volver a casa… adiós! ¡No han dicho el motivo de que Amina se escapase, los muy…!

—Si la atrapan lo diremos, tranquila.

—Dios, ¿y dónde puede estar la pobre? –se solidarizó Berta.

—En cualquier parte, oculta. Le di dinero y comida.

—¡Bien hecho! –apretó los puños firmemente–. ¡Jo, tía, esto es… una pasada de fuerte!, ¿no?

—No lo sabes tú bien –suspiró Estefanía.

Berta le pasó un brazo por encima de los hombros.

1 **baboso** *despect* asqueroso – 6 **inminente** en seguida – 18 **traicionar a up** verraten – 19 **transigir** aceptar – 26 **saltar** *aquí:* explotar – 30 **atrapar a up** encontrar a up que está oculta – 33 **jo** *Esp interj fam* expresa sorpresa o enfado – 34 *ser* **una pasada** *Esp fam* ser uc increíble, fuera de lo normal

—Pero si es necesario pondremos este pueblo patas arriba, ¿vale? –manifestó decidida–. Va a ser una guerra, y no me extrañaría que hubiera un antes y un después.

La miró, asustada.

Volvía a ser la Berta combativa y resuelta que cogía la vida por los cuernos, y encima, ahora, de pronto excitada por la posibilidad de luchar por algo.

Un motivo, una causa.

Su amiga.

5 **resuelto** decidido – 5 **coger la vida por los cuernos** *loc* no tener miedo a los problemas

14 Miércoles por la tarde

Amina temía acercarse al ventanuco del desván.

A veces lo hacía, muy despacio, para atisbar al otro lado, ver el cielo azul, los lejanos campos, el verdor de los árboles y las plantas. Pero siempre tenía miedo a ser vista, descubierta por una mirada ajena que alertase a los padres de Estefanía. No solo debía ser silenciosa, moverse sin hacer el menor ruido, para lo cual iba siempre descalza, sino que también debía ser invisible, no existir.

Nunca se imaginó pasar por algo como aquello.

Encima sufría por sus padres, sabiendo que su ausencia los tendría destrozados.

Los mismos padres que querían casarla a la fuerza con aquel hombre.

Contrastes.

Había intentado escribir, expresar sus sentimientos, volcarse en el papel como tantas veces solía hacer, pero se sentía incapaz de razonar o pensar. Por momentos, su corazón se convertía en una fina arenilla desmenuzada que, paralizándola, se expandía por todo su ser. Por momentos, lo que la atravesaba era un fuego devorador capaz de consumirla en aquella brasa tan dolorosa. Por momentos, a través de su mente crecía una nada espantosa en la que se diluía. Lo que hacía no tenía sentido. Tarde o temprano debería salir, regresar a casa, hacer aquel viaje, casarse y renunciar a todos sus sueños. Tarde o temprano, la lógica se impondría y su conato de rebeldía no sería más que eso. ¿A quién le importaba ella? ¿Qué sentido tenía protegerla? Pertenecía a sus padres, era marroquí, se trataba de un asunto de familia. Su hermana había pasado por ello, y ahora parecía feliz. La última vez que la vio, con sus tres hijos… Tres hijos ya.

Los mismos que tendría ella a su edad, porque la casaron también a los quince años.

Salvo que el viejo viudo no pudiera…

Se estremeció con solo imaginarlo.

2 **un ventanuco** ventana pequeña – 3 **atisbar** ver – 4 **el verdor** → verde – 6 **ajeno** de otra persona – 8 **descalzo** sin zapatos – 9 **invisible** que no se ve – 10 **pasar por** *aquí:* vivir uc difícil – 17 **volcarse** *fam* concentrarse en una actividad – 19 **una arenilla** arena fina – 19 **desmenuzado** muy fino – 20 **por momentos** continuamente – 21 **devorador** *fig* que se come todo – 22 **una brasa** glühende Kohle – 23 **diluirse** *fig* auflösen – 26 **un conato** comienzo de algo que no continúa – 29 **un asunto** tema, problema

¿Cómo podía escribir algo, concentrarse en las palabras, cuando el dolor la ahogaba y los malos presagios la tenían postrada en aquella vieja cama? Prefería leer. Los libros eran maravillosos. Mundos abiertos a su sed de conocimiento. Se sumergía en una historia y desaparecía.

Se fusionaba con el libro.

Y sin embargo, reconocía que lo que más necesitaba no era evadirse, sino escribir.

No le permitirían hablar. Cuando todo acabase, sería el fin, pero si dejaba aquellas palabras escritas, tal vez, solo tal vez, algún día ayudase a que otras chicas como ella no fueran obligadas a pasar por lo mismo. Tenía que hacerlo. Las costumbres no podían ser siempre iguales. Las costumbres debían cambiar, y más cuando las perjudicadas eran siempre las mismas. De no haber salido de Marruecos, de no haber conocido el mundo en que vivía, no le habría importado. Se habría resignado. Nadie envidia o añora lo que desconoce. Pero no estaba en Marruecos, estaba en España, en otro país, en otro espacio, y ahora quería vivir de acuerdo a él. ¿Tan malo era eso? Antes no habría sido culta. Ahora lo era.

La diferencia residía en eso: la cultura.

Poder pensar por sí misma.

Ser libre para vivir su propia vida.

Lo intentó de nuevo. Agarró el bolígrafo, se inclinó sobre la hoja de papel y empezó a trenzar las palabras que daban forma a sus ideas. Una línea, dos, el volcán de su alma iniciando la erupción. Creyó que esta vez sí lo lograría.

Hasta que se le atravesó la imagen de su madre por la mente.

—Mamá... –se sintió ahogada por la emoción.

Tres noches fuera de casa. Por primera vez en la vida, había dormido fuera del hogar paterno. Increíble. Veía a su madre en la habitación que compartía con sus hermanas, sentada en su cama, acariciando las sábanas y llorando. Y podía escuchar a sus hermanas, preguntando. A ellas también les tocaría seguir

2 **ahogar** *aquí:* no poder respirar – 2 **un presagio** tener la sensación de que va a pasar uc – 3 **postrado** sin poder moverse de un lugar – 5 **sumergirse** meterse debajo del agua *aquí:* poner toda la atención en uc – 6 **fusionarse** unirse dos o más cosas en una – 8 **evadirse** hacer uc para evitar pensar en los problemas – 14 **una perjudicada** up que sufre un daño – 15 **de + INF** indica una hipótesis – 17 **envidiar** beneiden – 17 **añorar** echar de menos uc – 20 *ser* **culto** tener cultura – 25 **trenzar** *fig aquí:* unir las palabras – 26 **un alma** *f* die Seele – 26 **una erupción** una explosión

sus pasos un día, aunque tal vez tuvieran más suerte y sus maridos fueran jóvenes y guapos.

El marido de su hermana mayor solo tenía quince años más que ella.

Y no era mal parecido.

—Mamá… –susurró.

¿Por qué nunca le había preguntado? ¡No sabía nada de sus padres! ¿Cuál había sido la reacción de su madre cuando la casaron con su padre? ¿En qué momento apareció entre los dos el amor? ¿Había aparecido?

Si era hija de la costumbre, no del afecto, no lo había notado.

Aunque no quisiera eso para sus propios hijos.

—Papá, mamá…, tenéis que entenderlo –suplicó al aire–. Es mi vida, y no hay vuelta atrás.

La dominó el pánico, un terrible ataque de ansiedad, así que se levantó, incapaz de permanecer sentada, y empezó a caminar sigilosamente por el desván. Sus pies descalzos no hicieron el menor ruido en aquella evasión controlada por las cuatro paredes y la penumbra que proporcionaban. Ya había curioseado en algún que otro armario, probándose ropas extrañas y viejas. Ahora lo que más la atraían eran los cajones de dos cómodas. No se atrevió a abrirlos antes por si gemían. Pero en ese momento estaba segura de estar sola en la casa, aunque ni aun así se arriesgó a mucho más.

Abrió el primero de los cajones, el superior, en la cómoda más cercana. Encontró más ropa; en este caso, interior femenina. Y parecía haber pertenecido a una mujer enorme, dado el tamaño de las prendas. Sonrió y abrió el segundo. Sus ojos se abrieron de par en par al aparecer repleto de fotografías, sin orden ni concierto, algunas tan antiguas que eran como de cartulina, con colores oscuros, marrones y ocres. Aquellas personas debían de estar todas muertas, porque sus aspectos eran de otra época, tanto por la ropa como por sus imágenes serias y muy estáticas.

5 **no ser mal parecido** ser atractivo – 11 **el afecto** amor, cariño – 15 **no haber vuelta atrás** *fam* tener clara uc y no cambiar de opinión – 16 **la ansiedad** sentir intranquilidad y miedo por uc – 18 **sigilosamente** sin hacer ruido – 20 **la penumbra** poca iluminación – 20 **proporcionar** dar – 23 **atreverse a + INF** wagen zu – 23 **gemir** *un mueble* hacer ruido cuando se abre o se cierra – 25 **arriesgarse a** → riesgo → correr riesgos – 29 **dado** por – 29 **una prenda** la ropa – 30 **abrir de par en par** *fam* abrir mucho uc – 30 **repleto** lleno – 31 **sin orden ni concierto** *fam* que uc está desordenada

Pasó unos minutos inspeccionando aquel repentino tesoro, y fue a por la linterna para verlas mejor. Las había de muchos tamaños, algunas diminutas, con los bordes aserrados. Por la ropa dedujo cuáles eran las más recientes. Toda una vida cabía en aquel cajón, porque se trataba sin duda de eso, de la vida de una persona atrapada en los recuerdos de sus fotografías.

Abrió el tercero y último cajón de la cómoda.

Y volvió la sorpresa.

Cartas.

Decenas, quizás cientos de cartas y postales.

Allí sí existía un orden. Las postales reposaban en el fondo de una caja de cartón sin tapa. Las cartas estaban atadas con cintas y repartidas por montones. Primero se dedicó a ver los anversos de las postales, lugares hermosos, exóticos, pintorescos, pero perdidos en el tiempo.

Las había de Londres, París, Roma... En el reverso, lo único habitual eran las frases tópicas: «Esto es muy bonito», «¡Me lo estoy pasando en grande!», «Ojalá pudieras estar aquí», y firmaban personas distintas, casi siempre femeninas. Las dejó en su lugar y acarició las cartas, los sobres un poco cáusticos y amarillentos, los lazos de colores.

Tomó uno de los montones y deshizo la cinta que lo ataba. El nombre de la destinataria de todas las cartas era una mujer: Catalina Prats Miralles. El remite correspondía siempre al mismo hombre: Javier Vidal Martín. Amina imaginó que se trataba de un pariente de Estefanía, por la similitud del apellido: Vidal.

Sintió un poco de vergüenza al extraer una hoja de papel del primer sobre, pero no pudo evitar seguir su instinto ni abortar aquel gesto. Se sentía tan fascinada por el hallazgo de aquel inesperado tesoro, que ya no impidió que sus ojos

3 **un tamaño** Größe – 3 **un borde** el extremo de uc – 3 **aserrado** sägeförmig – 4 **deducir** saber uc a partir de indicios – 4 *uc* **reciente** actual – 4 **caber** tener espacio en un lugar – 6 **atrapado** sin poder salir de un lugar – 11 **reposar** descansar – 12 **una tapa** objeto que se pone encima de uc para cubrirla – 12 **estar uc atada** anbinden – 13 **una cinta** una banda para atar uc – 14 **un anverso** parte de delante de una carta o postal – 16 **un reverso** parte de detrás de una carta o postal – 20 **cáustico** en mal estado – 21 **un lazo** una cinta – 23 **una destinataria** up a la que se envía una carta – 24 **un remite** nombre y dirección de up que envía una carta – 26 **un pariente** up que pertenece a la familia – 28 **extraer** sacar uc de un lugar – 30 **un hallazgo** uc que se encuentra

se deslizaran por encima de la letra con la que estaba escrita: menuda, perfecta y muy legible pese a estar hecha a lápiz.

Era como viajar al pasado.

Querida Catalina:

Espero que al recibo de la presente estés bien de salud. Yo, a Dios gracias, me encuentro satisfactoriamente pese a las penurias de este terrible invierno y con muchos deseos de reunirme contigo en un futuro que espero no sea muy lejano, celebrando la victoria que nos permita ser libres en un mundo mejor. Estos días, el frente está tranquilo. Parece como si la presencia de la Navidad hubiese atemperado las ganas de matar. ¿Sabes? Esa palabra aún se me hace dura y amarga, irreal. A veces me pregunto qué pasaría si tuviera que dispararle a alguien cara a cara. Soy soldado, sí, y estoy aquí para pelear por aquello en lo que creo, pero mentiría si te dijera que, casi tanto como a morir, le temo a matar a un ser humano mirándole a los ojos. En las trincheras lo que hacemos es tirarle a la distancia, así que no sé si le he dado a alguien o no.

Pero no quiero hablar de la guerra, ni de mí, sino de ti, mi amor. El día de tu cumpleaños no podía dejar de pensar en lo maravilloso que sería estar a tu lado y verte mientras le sonreías a tus diecisiete primaveras. Te imaginaba tan hermosa, tan dulce. Habría desertado para correr a tu lado, aunque luego me fusilasen. No me habría importado. Amarte es lo único que me ha pasado de bueno en esta vida. Amarte y ser amado por ti. El azar nos ha interpuesto en el camino una angustiosa prueba que hemos de superar, pero cada día que pasa sin ti… es como si me muriera un poco, porque sé que es un día que no volverá, que jamás recuperaremos. Te juro que cuando toda esta locura acabe, el primer día que podamos, nos casaremos y miraremos únicamente al futuro. No habrá pasado, no habrá guerra, no habrá nada salvo tú y yo, los dos, como tiene que ser.

Mi cariño, mis labios arden siempre que cierro los ojos y evoco aquel beso…

2 **menudo** pequeño – 2 **legible** letra que puede leerse bien – 2 **pese a** a pesar de – 5 **la presente** *aquí:* la carta – 7 **la penuria** la pobreza, la miseria – 10 **el frente** zona donde se lucha en una guerra – 11 **atemperarse** reducir up la violencia de uc – 13 **disparar a up** matar a up con una pistola – 17 **una trinchera** Schützengraben – 17 **tirar a** *aquí:* disparar – 18 **dar a up** matar o herir a up de un disparo – 22 **unas primaveras** *pl* años – 23 **desertar** abandonar un soldado la guerra – 24 **fusilar** → fusilamiento – 25 **el azar** la casualidad – 26 **interponer uc** poner uc entre varias personas – 33 **el cariño** amor – 33 **arde**r quemar (brennen) – 33 **evocar uc** recordar uc

Amina no pudo detenerse.

Leyó, y leyó, y leyó aquella hoja de papel que la transportaba a una historia de amor real, verdadera. Una historia que tenía nombres y apellidos, y también fechas.

La de la carta era 27 de diciembre de 1936.

Sabía lo suficiente como para entender que eso había sucedido en plena guerra civil española.

Miró las restantes cartas: 1937, 1938, 1939, 1940...

Quiso dejarlas de nuevo en el cajón, atadas con su cinta, preservar sus secretos, y se rindió a la evidencia de que no podía hacerlo. Así que abrió el segundo sobre.

Querida Catalina:

He sabido que fuisteis bombardeados con mucha crueldad hace muy pocos días, y que tenéis problemas de abastecimiento. Mi amor, no sabes lo que esas tristes noticias representan para mí, porque...

7 **guerra civil española** (1936–1939) guerra entre españoles republicanos y nacionales – 10 **preservar** guardar – 11 **un sobre** Briefumschlag – 14 **un abastecimiento** recibir cosas necesarias para vivir

15 Miércoles por la tarde

Estefanía se sentía rematadamente mal.

Traidora, como solo una mala amiga puede llegar a ser.

¿Por qué no le había dicho a Berta que Amina estaba en su casa? ¿Por qué no había confiado en ella? En el fondo, su secreto era tal y tan grande, que necesitaba compartirlo con alguien, exponerlo en voz alta, escucharse a sí misma y aprender de sus palabras, reflexionar desde una perspectiva nueva, aunque estuviese implicada hasta la médula. Lo malo era que ahora ya no sabía qué hacer.

Quería a Berta mucho, muchísimo, pero le daba miedo hacerla partícipe de su dilema.

Porque era un dilema.

Y doble: sabía por qué Amina se había escapado y sabía en qué lugar se ocultaba.

—Genial –se dejó abatir.

El problema con Berta era que siempre la protegía, siempre la tutelaba, por aquello de ser algo mayor y tener más carácter. Llegado el momento, su amiga no dudaría en anteponerla a todo y defenderla. Si eso significaba hacer caer a Amina, no le importaría. Berta no dudaba de sus prioridades.

Estefanía sí.

Apreciaba a Amina. Quería luchar por ella, por su libertad e independencia.

Su historia era lo más asombroso que le había sucedido en la vida.

Pero odiaba sentirse como se sentía, y estar atrapada en mitad de ninguna parte.

—Amina –susurró–, no puedo hacer esto sola, perdona…

Jonathan la esperaba con la moto en la puerta. Ni rastro de Berta. Caminó hacia él sintiéndose aliviada. Jonathan nunca la traicionaría. Se le habría echado a los brazos y le habría dado un beso muy fuerte en la mejilla, de no ser porque algunas de sus compañeras la estaban mirando y notaba sus ojos hundidos en su espalda y en su amigo. Por esta razón, al llegar a su lado le apremió:

—Salgamos de aquí, por favor.

2 **rematadamente** muchísimo – 6 **tal** *aquí:* tan grande – 9 **hasta la médula** *loc fam* totalmente – 18 **tutelar** proteger o ayudar a otra persona – 23 **apreciar** sentir estimación por up – 25 **asombroso** erstaunlich – 31 **aliviado** sin presión – 32 **echarse a los brazos de up** abrazar a up

—Vale.

No le hizo preguntas. Cogió el segundo casco y se lo tendió a Estefanía. Ella se lo encasquetó en la cabeza y subió a la grupa de Jonathan. Se asió a él y lo hizo con fuerza, con mucha fuerza, aun antes de que salieran zumbando a escape. Lamentó llevar el aparatoso casco porque habría deseado apoyar la cabeza en su espalda.

Cuánto agradecía aquel contacto.

Tan cálido, tan seguro, tan lleno de amor.

—¿Quieres ir a alguna parte?

—Da igual, vámonos.

Jonathan conectó el encendido y la moto tronó un par de segundos. En el momento de ver a Berta correr por el patio hacia la salida del instituto, buscándola, la moto salió proyectada hacia delante. No fue un arranque brusco, pero Estefanía le apretó un poco más. Casi podía escuchar los latidos de su corazón, muy vigorosos. Su mano derecha se apoyaba sobre la parte izquierda de su pecho. Se preguntó si lo que sentía Jonathan por ella era parecido a lo que sentía ella por Ismael, y de pronto llegó a la conclusión de que no, de que no tenía la menor comparación.

Jonathan la quería de verdad.

Mientras que Ismael era un imbécil, el clásico pasota engreído, y ella la típica tonta enamorada, sin saber por qué, del niño más mono y más estúpido del lugar.

Eso la hizo sonreír, y levantar la cabeza un poco para que el aire fresco le diera en plena cara.

Si era capaz de comprender algo como lo que acababa de pensar…

¿Curada de su “gripe sentimental” por Ismael? No, hacía tiempo que sabía eso, aunque no lo hubiera reconocido hasta ese momento.

La clave residía en Jonathan.

Su amigo estaba allí.

Siempre había estado allí.

2 **un casco** protección para la cabeza – 3 **encasquetarse uc** *fam aquí:* ponerse uc – 3 **una grupa** *aquí:* la moto – 4 **asirse a up** abrazarse, sujetarse – 5 **salir zumbando** *fam* salir rápidamente – 6 **aparatoso** molesto – 12 **el encendido** → encender – 12 **tronar** hacer mucho ruido – 17 **un latido** sonido que hace el corazón cuando se mueve – 17 **vigoroso** con fuerza – 23 **un imbécil** *despect fam* un idiota – 23 **un pasota** *Esp* up a la que no le importa nada – 24 **engreído** *despect* up que se cree la mejor en todo y lo dice – 33 **una clave** la solución

No había muchas distancias en el pueblo, así que Jonathan lo único que hizo fue salir del casco urbano y alcanzar la revuelta del mirador, a un kilómetro por la carretera del norte. Salvo los habituales coches aparcados para echar un vistazo, hacer alguna foto en el caso de los turistas o montarse incluso un *picnic* de vez en cuando, casi nunca había nadie del pueblo, ni siquiera por la noche. Las parejas preferían algo menos evidente y oculto para sus escarceos amorosos. La moto dejó de torpedear el aire, y al enmudecer se hizo el silencio. Estefanía se quitó el casco y agitó la cabeza para liberar el aplastado pelo. Su compañero la cubrió con una de sus miradas más sensibles.

—Ven –Estefanía lo tomó de la mano.

Caminaron hasta uno de los bancos de piedra desde donde se divisaba el pueblo. Desde aquella elevación la vista era muy hermosa, aunque para ellos fuera lo cotidiano. Al sentarse en él, ella retuvo su mano entre las suyas. Jonathan tenía los ojos muy abiertos.

—Escucha –logró serenar sus ideas y arrancarse–, ¿has oído lo de Amina El Hachmi.

—¿Lo de su desaparición? Sí, esta mañana.

—Sabes que va a mi clase, ¿verdad?

—Sí.

—Y que somos amigas.

—También.

—Yo sé la causa de que se haya marchado de su casa.

—¿Ah, sí?

—Sus padres iban a casarla con un hombre, en Marruecos.

—¿En serio? –abrió los ojos él.

—Supongo que es lo de menos, pero… encima es un viudo de cincuenta años, ¿te imaginas?

—No –se estremeció Jonathan–. ¿Cómo es posible…?

—Ahí está la cosa –asintió Estefanía–. No es posible que hoy en día pasen cosas así.

—¿Se lo has dicho a la policía?

—No.

3 **una revuelta** *aquí:* cambio de dirección – 3 **un mirador** lugar para mirar un paisaje o una vista – 4 **echar un vistazo** mirar uc rápidamente – 5 **montar uc** *fam* hacer – 8 **un escarceo amoroso** relación amorosa poco importante – 9 **enmudecer** *aquí:* no hacer más ruido – 10 **agitar uc** mover uc con rapidez – 15 **divisarse** ver uc a lo lejos

—¿Por qué?

—Porque sé algo más, y si cuento esto… también habría de contar lo otro.

—¿Qué más sabes? –siguió perplejo él.

—Sé dónde está Amina, y necesito ayuda, Jonathan, porque ya han pasado tres días y…

Todavía tenía su mano entre las suyas, y la apretaba víctima de su estremecimiento. Su compañero estaba muy quieto, pendiente de aquel contacto mágico, pero también de sus palabras.

—¿Dónde está? –preguntó.

—Oculta en el desván de mi casa, y a salvo, pero no sé por cuánto tiempo –se rindió Estefanía.

9 *estar* **pendiente de uc** estar atento a uc – 12 **a salvo** *loc* sin peligro

16 Miércoles por la tarde

El hogar de la familia El Hachmi era básicamente humilde, y con todos los rasgos característicos de una casa marroquí, tanto a nivel de decoración como de personalidad. Alfombras, cojines, elementos autóctonos traídos desde Marruecos, escasos muebles y cierta sensación de comodidad con los mínimos objetos necesarios. Lucía creyó que no la dejarían entrar, pero allí estaba. Y creyó que no querrían hablar con ella, pero se disponían a hacerlo después de que se presentara y se presentaran ellos.

—Mi esposa, Sohra. Yo soy Nayim.

No debía de haber ningún hijo o hija más en la casa en ese momento, o por lo menos el silencio reinaba en el lugar lo mismo que un sudario. Se fijó en la mujer, de edad imposible de determinar, porque si bien parecía mayor, también había en ella pequeños rasgos y detalles que debían limitar su edad a no más de cuarenta años. El hombre, en cambio, aparentaba unos cuarenta y muchos. Los dos eran bajos, tímida e insegura una, lleno de recelos y cautelas el otro.

—No quisiera molestarlos.

—Al contrario, agradecemos su visita. Es un apoyo.

La hicieron entrar y sentar, no en el suelo, en los cojines, como creía, sino en un taburete. Sus anfitriones hicieron lo mismo. Lucía comprendió cuánto desconocía de ellos, de sus costumbres, de sus usos cotidianos o del ritual aparente cuando llegaba una visita. Lo vio aún más claro cuando Sohra El Hachmi le preguntó:

—¿Té?

—No, gracias.

Bastó con verles la expresión. Entonces reaccionó rápidamente:

—Bueno, sí, disculpen. Será un placer.

Lo que siguió a continuación fue algo más que un ritual. La madre de Amina tomó una tetera de aluminio y la llenó de agua hirviendo. A continuación, la vació en otro recipiente.

3 **un rasgo** característica – 4 **una alfombra** material textil grande para cubrir el suelo – 5 **un cojín** almohada cuadrada para sentarse o apoyarse – 5 **autóctono** típico del país – 9 **disponerse a + INF** querer hacer uc en ese momento – 11 **una esposa** la mujer casada – 14 **un sudario** textil con el que se cubre a un muerto – 23 **un taburete** silla pequeña – 23 **un anfitrión** up que recibe invitados en su casa – 30 **una expresión** *aquí:* gesto o aspecto de la cara – 35 **hervir uc** sieden

Volvió a llenar la tetera, ahora con agua fría, e introdujo en su interior una buena cantidad de azúcar y hierbabuena. La depositó en un pebetero y los tres quedaron casi hechizados contemplando cómo las llamas lamían la base de la tetera.

—Lamentamos no tenerla de plata, o de estaño –dijo el padre de Amina.

—¿Sale mejor el té? –preguntó Lucía.

No le respondió, solo la cubrió con una sonrisa que tanto podía ser una cosa como otra. Ya no supo si hablar de lo que la había traído hasta allí o esperar. Optó por lo primero, para marcharse cuanto antes y no prolongar la situación, aunque en apariencia era de lo más normal y amable.

—¿Saben algo de Amina?

—No –dijo el hombre.

—Ella es una gran chica. No se habría escapado sin más.

Nayim El Hachmi sostuvo su mirada hecha de pasas secas, como la tierra de la que procedía. Su esposa controlaba la tetera, convertida en una estatua de sal. Lucía se sintió como si tratara de abrir una puerta a golpes de cabeza.

—¿Qué les ha dicho la policía?

—Investigan.

—¿Temen que haya sido...? –no se atrevió a emplear las palabras "secuestro", "accidente", o incluso... "agresión sexual", porque eran demasiado fuertes y escabrosas.

Aunque estaban allí, sobre el tapete de la investigación policial. El inspector Gonzalvo no se lo ocultó.

—No podemos pensar nada –dijo el padre de Amina.

La tetera se puso a hervir. Sohra echó en ella más agua fría, más azúcar y más té de hierbabuena.

—Es el momento más importante de todos –le informó Nayim al comprender que era la primera vez que tomaba té en una casa marroquí–: el vertido del té.

Lucía contempló la meticulosa eficiencia de la mujer. Desde la máxima altura que su mano pudo alcanzar, dejó caer el aromático líquido sobre un vaso. Apenas un par de gotas salpicaron fuera de sus límites. A ella le recordó un poco la

2 **hierbabuena** hierba con aroma – 3 **un pebetero** vaso para quemar perfumes – 3 *quedar* **hechizado** *aquí*: estar fascinado – 4 **lamer** *aquí:* acariciar – 5 **el estaño** Zinn – 11 **prolongar** hacer uc o una situación más larga – 16 **una pasa seca** uva negra y seca – 19 **abrir una puerta a golpes de cabeza** *loc* hacer uc imposible, sin sentido – 24 **escabroso** *aquí:* inmoral, obsceno – 28 **ponerse a + INF** empezar a hacer uc – 32 **el vertido** →vertir→echar – 33 **meticuloso** hacer una cosa con cuidado y exactitud – 35 **una gota** partícula de agua – 36 **salpicar uc** saltar gotas sobre uc

forma de escanciar la sidra asturiana. Cuando el vaso estuvo lleno, se lo ofreció a su invitada.

—¿Profesora Cortázar?

—Gracias.

Lucía esperó a que también sirviera a su marido y completara el llenado de un tercer vaso para sí misma. La estancia se inundó más y más de aquel suave aroma. Cuando los tres dispusieron de sus bebidas, intercambiaron una leve mirada de salutación silenciosa. Una especie de brindis extraño.

Bebió un sorbo. Estaba bueno. Ellos esperaban su aprobación, así que se la dio.

—Excelente.

—Oh, gracias –movió la cabeza, complacida, la mujer.

Era el momento de hablar. Y lo hicieron ellos, quizás para ayudarla, quizás para acelerar su marcha.

—Amina habla siempre bien de usted, siñorita. Es la única profesora de la que habla en casa –dijo Nayim El Hachmi con un castellano más que correcto, salvo por los habituales giros idiomáticos y su acento.

—Yo también hablo muy bien de ella, créanme –fue tan sincera como categórica–. Es una de mis mejores alumnas, inteligente y brillante. Sin duda tiene un gran porvenir.

—Ya –dijo el padre de Amina.

Lucía miraba a su esposa, Sohra.

Cabeza baja, leves miradas de soslayo en dirección a su marido, recato y sumisión. Su momento estelar había sido el de la preparación del té. Ahora volvía al silencio.

—¿Han leído algo de lo que escribe su hija?

—Algo, sí –aventuró él.

—Es muy bueno.

Esta vez no obtuvo ningún eco. Sus palabras rebotaron en la pared de su gravedad más que de su indiferencia. Imaginó que hablarles de que su hija escribía bien era como decirles que tenía un don para la música o la posibilidad de ser astronauta. ¿De qué le serviría a una chica árabe saber escribir bien? Que

1 **escanciar** echar una bebida en un vaso desde una gran altura – 1 **una sidra asturiana** bebida alcohólica de manzana típica de Asturias – 7 **inundarse** *aquí:* llenarse – 9 **un brindis** expresar un deseo levantando el vaso antes de beber – 10 **un sorbo** beber muy poco – 22 **un porvenir** futuro – 25 **leve** de corta duración de tiempo – 26 **el recato** actuar con modestia, de forma tímida – 26 **un momento estelar** momento en el que up es el punto de atención – 31 **rebotar** aufprallen – 34 *tener* **un don** tener talento para uc

ella fuese novelista les sonaría tan a chino como cualquier otro imposible ajeno a su realidad.

Bebió otro largo sorbo de aquel maravilloso té.

—Escuchen –se rindió Lucía–. Cuando les llamé por teléfono...

—Entonces no sabíamos –la interrumpió el hombre–. Perdone.

—¿Saben por qué se ha escapado?

—No –el padre de Amina fue conminante.

Lucía apreció dos detalles: la forma en que apretó él las mandíbulas, conteniendo tanto su desesperación como su rabia, y la manera que tuvo su esposa de cerrar los párpados y suspirar, tan apenada como destrozada anímicamente.

Mentían.

Aunque no por crueldad, sino más bien por instinto de protección.

Y nunca lograría sacarles la verdad.

No ella.

—Una niña como Amina no se escaparía jamás de su casa, de no ser por algún problema –insistió rozando el límite de la grosería y la provocación.

Nayim El Hachmi lo toleró.

—Amina no problema –negó con la cabeza.

Los observó más fijamente. La madre seguía agotada; el padre, dominándose. En el interior de sus gestos se delataba el miedo, pero en este caso no por su hija, sino por ella, por todo lo que había detrás de la puerta de su casa. Miedo del mundo general, porque no era el suyo, sino otro, ajeno a cuanto eran y representaban como musulmanes.

Lucía era "una profesora". Eso significaba cierta clase de poder.

Pensó en malos tratos, pero lo desechó. Amina siempre estaba contenta y feliz. Esas cosas se notaban en el talante de los chicos. Pensó en su constante idea de que querían apartarla del instituto, para que se dedicara a las labores propias de su sexo y condición en su país, y aunque seguía siendo lo más

1 **sonar a chino** *fam* no saber uc – 2 **ajeno** desconocido – 9 **conminante** amenazante (bedrohend) – 12 **un párpado** piel móvil que protege el ojo – 13 **anímicamente** de ánimo, moralmente – 17 **sacar a up la verdad** *fam* esperar que up diga la verdad – 21 **una grosería** mala educación – 25 **delatar** decir o expresar uc que se quiere esconder – 33 **un talante** forma de comportarse – 34 **apartar de** separar, alejar

probable, su instinto le dijo que tal vez hubiera algo más. Y pensó en ese algo más.

Algo que ellos no estaban dispuestos a revelar.

Apuró su taza de té.

Podía hacer cien, mil preguntas, y no conseguiría mucho más.

Salvo agotar la resistencia de la madre de Amina y empujarla un poco más hacia la tristeza absoluta.

3 **revelar uc** dar a conocer uc o información secreta – 4 **apurar uc** acabar con uc totalmente – 7 **empujar a up** llevar a up hacia un lugar bruscamente

17 Miércoles por la tarde

Para Amina, el tiempo había desaparecido de su lado.

Carta a carta, emoción a emoción, dolor a dolor, la historia de aquel hombre, Javier Vidal Martín, y la de su amada, Catalina Prats Miralles, la había impregnado ya de tal forma que el mundo más allá de ellos, como el tiempo, había dejado de existir.

Temblaba cada vez que extraía una hoja de papel del interior de un sobre. Lloraba cuando la profundidad y la desesperación de aquellas palabras la alcanzaban de lleno, atravesándola de parte a parte. Imaginaba con los ojos de la mente cada escena descrita, cada sensación atrapada en el suspiro de la pluma, cada dolor contenido a causa de aquella distancia impuesta a los amantes. Y al cerrar los ojos, retrocedía en el tiempo, volaba hasta él, y hasta ella, separados por el destino más espantoso. Era capaz de verlos. Había buscado de nuevo entre las fotografías, hasta dar con los dos. Ya no eran seres sin rostro, sino personas con una luz reflejada en sus expresiones atrapadas en aquellas imágenes. Luego, al guardar cada hoja de papel en el interior de su sobre y abrir el siguiente, el proceso se repetía.

Conocía el alma de aquel hombre y, a través de ella, también la de la mujer.

¿Por qué estaban aquellas cartas allí, en un cajón olvidado del desván? ¿Por qué? Contenían el pasado, la vida, el gozo del amor. Amina también lloraba por sí misma, porque se decía que si un día pudiera escribir como aquel hombre… y expresar sus sentimientos de aquella forma…

Toda una historia épica.

Una guerra, una separación forzada, un amor tan enorme y gozoso, tan denso y fuerte, que hacía palidecer todo lo demás; una derrota, y una ausencia más y más prolongada a causa de la pérdida del mundo que les había dado la espalda. Ya estaba en otro invierno, el de 1941. La carta que estaba leyendo tenía fecha del 10 de enero. Javier Vidal seguía prisionero dos años

5 **impregnar a up** *aquí:* influir en up – 13 **una pluma** instrumento con punta de metal y tinta que sirve para escribir – 17 **dar con up/uc** encontrar a up/uc – 17 **un ser** persona – 25 **un gozo** la felicidad – 31 *hacer* **palidecer uc** hacer que otras cosas sean menos importantes – 33 **dar la espalda a up** abandonar a up, dejar sola a up – 35 **un prisionero** up encerrada, sin libertad

después de haber terminado la guerra, obligado a trabajar en un monumento victorioso llamado Valle de los Caídos.

Cinco años sin Catalina Prats.

...por lo que, en ocasiones, lo único que tengo es tu rostro, tu imagen anclada en mi memoria. Ella es la que me da fuerzas, la que me mantiene con vida, la que me hace aferrarme a todo con la esperanza de que el tiempo nos compense de tanta crueldad. Mi cielo, si el amor es lo único que necesitamos en este mundo para alcanzar un poco de felicidad, ¿por qué se nos niega, cuando todo lo que deseamos es arañarle al tiempo un segundo de paz? Hay días en que tu rostro se me desvanece, y el eco de tu voz se pierde en los recovecos de mi memoria, y tu olor, oh, sí, tu olor, ese aroma a leche y miel que llevo conmigo, se ahoga entre tantas lágrimas. Son los peores momentos. Aquellos en los que mi corazón se detiene y mi sangre se paraliza en mis venas. He de parar, cerrar los ojos y recuperarte. Volver a ver tu cara pura y hermosa con la sonrisa de aquel día en que nos juramos la eternidad, escuchar de nuevo ese canto que fluye de tu garganta, y llenarme de tu aroma hasta saciarme.

Me pregunto por qué me esperas, por qué tengo la suerte de merecerte tanto. Me pregunto en qué momento del futuro nos reencontraremos. Me pregunto si los dos miraremos la luna al mismo tiempo y sentiremos lo mismo...

Seguía un poema.

Un poema largo y desgarrador que la invitaba a sumergirse en él como si se tratase de un lago profundo.

Y cuando iba a leerlo...

Amina volvió a la realidad al escuchar el ruido procedente de la escalera de acceso al desván.

Tuvo el tiempo justo de dejar el sobre y la carta en el cajón, cerrarlo y ocultarse detrás de la misma cómoda mientras apagaba la linterna, ya que, estando tan lejos del ventanuco, no habría podido leer nada de no ser por ella. Por la hora, imaginaba que era Estefanía, aunque hacía ya mucho que las clases de la tarde habían terminado. Contuvo la respiración y

2 **el Valle de los Caídos** monumento en las afueras de Madrid que los prisioneros republicanos construyeron después de la guerra por orden de Franco. Franco fue enterrado allí. – 18 **fluir** *aquí:* salir uc de un lugar – 19 **saciarse** llenarse de uc – 21 **merecer uc** ganar uc – 25 **desgarrador** muy doloroso y triste

buscó las huellas que delataran su presencia allí. El plato y la jarra de agua estaban debajo de la cama.

Antes de ver su cabeza asomar por el hueco a ras de suelo, escuchó su voz envuelta en un susurro.

—Amina, soy yo.

Salió de su escondite para recibirla. Quería preguntarle tantas cosas acerca de aquellas personas, Javier y Catalina... Tenían que ser sus abuelos. Era lo más lógico. Y si Estefanía estaba allí significaba que finalmente se habían reencontrado, y que se habían casado, y que habían tenido hijos...

Su amiga acabó de acceder al desván.

Pero no estaba sola.

Por el hueco, Amina vio la cabeza de alguien más siguiendo sus pasos.

Su primera reacción fue retroceder asustada; la segunda, mirar con horror a la que creía que era su protectora y cómplice.

—¡Estefanía, no! –gimió.

—¡Tranquila! –ella corrió a abrazarla–. ¡Es Jonathan! ¡Le has visto en el instituto! ¡Va dos cursos por encima del nuestro!

—Pero... ¿por qué? –Amina miraba espantada al aparecido.

—¡No podía hacer esto sola! –insistió para tratar de tranquilizarla–. ¡Necesitaba ayuda! ¡Las cosas se han disparado!

Amina seguía mirando a Jonathan. La dulce sonrisa del chico fue lo que primero la apaciguó.

—¿Qué... cosas? –se dio cuenta de lo que acababa de decirle Estefanía.

—Vamos, siéntate –la empujó hacia la cama.

—¿Sucede algo malo? –se asustó la huida.

—La policía te está buscando. Han ido al instituto a preguntarnos –reveló Estefanía.

—¿Cómo...?

—Finalmente, tus padres han denunciado tu desaparición, como era lógico. Después de tantas horas, debieron de comprender que no ibas a regresar así como así y no lo han demorado más.

2 **una jarra** Krug – 3 **asomar** *la cabeza* mostrar una parte del cuerpo por un lugar – 3 **a ras de** *loc* en el límite de uc – 11 **acceder a un lugar** entrar en – 15 **retroceder** andar hacia atrás – 21 **espantado** asustado – 23 **dispararse uc** *aquí:* complicarse una situación – 26 **apaciguar** tranquilizar a up – 36 **demorar** retrasar

Amina buscó la forma de serenar su atropellado ánimo.
—¿Han dicho por qué me escapé? –quiso saber.
—No, solo que te has ido de casa.
Los tres intercambiaron una mirada de inquietud.
—No confesarán la verdad –musitó Amina–. Saben que se meterían en un lío.
—Entonces, sal y dila tú –propuso Jonathan.
—¡No puedo!
—La ley impedirá que te obliguen.
—¡Y me apartarán de mi casa! –se crispó Amina.
—Tus padres te han apartado de tu casa. Es como si te echaran.
—Eso... no es cierto –balbuceó la muchacha.
—¿Prefieres irte a Marruecos y casarte con ese hombre?
—¡No! –hundió su cara entre las manos echándose a llorar.
Estefanía la abrazó. Jonathan las contempló a ambas. Poco a poco iba reaccionando ante todo aquello.
—Te ayudaremos –dijo el muchacho, y su voz tuvo cadencias muy especiales por encima del desasosiego de una y la parálisis de la otra–. Ahora no estás sola.
—Me castigarán... –sollozó Amina.
—No pueden castigarte, y tampoco pueden obligarte a que te cases con quien no quieres siendo menor de edad –insistió él.
—Tú no lo entiendes –gimió con un hilo de voz Amina–. Soy árabe, ¡lo soy!
—Y estás en España, protegida por nuestra Constitución.
—Esto no es tan fácil.
—Si te acompañamos a tu casa y hablamos...
—¡No! –gritó.
—Ahora sabemos la verdad, y la sabrá todo el mundo.
—¡No quiero ir a casa todavía!
—¿Y qué vas a hacer? –preguntó Jonathan.
—Seguir aquí... Por favor... –le cogió las manos a Estefanía y la miró rozando la histeria–. No hagas que me vaya o me iré muy lejos y no volveréis a verme más... ¡Me mataré!... –sus pupilas se dilataron por el pánico–. ¡Sí, te juro que lo haré! Solo

6 **meterse en un lío** tener problemas – 9 **impedir uc** hacer up que otra no haga uc – 13 **balbucear** hablar con dificultad – 18 **una cadencia** ritmo – 19 **una parálisis** no poder moverse – 25 **un hilo de voz** voz fina y que casi no puede oírse – 27 **la Constitución** libro con los derechos y deberes de los ciudadanos – 37 **dilatarse** *las pupilas* hacerse más grandes

necesito tiempo, que ellos... que mis padres comprendan... ¡He de seguir aquí, Estefanía, por favor! ¡Aún no puedo volver!

—Claro que puedes seguir aquí –la tranquilizó la dueña de la casa.

Miró conminante a Jonathan, para que no insistiera.

—Cuando "aparezcas" –no se calló él–, tendrás que decir la verdad a la policía.

Amina hundió en él sus enormes ojos inundados de lágrimas.

—No podré –musitó.

—Sí podrás –aseguró Jonathan–. Se trata de tu vida, no la de tus padres. Habrás de elegir.

La crispación se acentuó.

La dominó por completo.

Siguió abrazada a Estefanía, buscando un consuelo que cada vez sentía más lejano porque, a fin de cuentas, la decisión era suya, la llave la tenía ella.

Y estaba segura de que, hiciera lo que hiciera, perdería.

8 **inundado** *fig* lleno – 13 **una crispación** irritación, nerviosismo o enfado – 15 **un consuelo** ayuda para quitar el dolor o la pena – 16 **a fin de cuentas** al final

18 Miércoles por la noche

Su madre hizo la pregunta después de estar buscando por la nevera durante un largo minuto.

—Hija, ¿te has comido tú el medio pollo que sobró anoche?

—¿Yo? No –se puso roja como un tomate, pero como la mujer estaba de espaldas, no lo notó.

—Pues él solito no se ha ido, porque estaba muerto, me consta, y además le faltaban una pata y un ala.

El tono era cáustico, tan irónico que le habría dado por reír de no tratarse de algo inusitadamente grave como aquello. Ya no sabía qué subirle a Amina para que comiera, salvo que ella misma le comprase cosas en el supermercado.

¿Cómo no se le había ocurrido eso antes?

Su madre no era tonta, acabaría descubriéndolo todo.

—¡Eduardo!

El hijo mayor apareció en la cocina. Su madre repitió la pregunta.

—¿Te has comido un pollo que había aquí?

—No, ¿por qué?

—Pues es un misterio. Y solo queda vuestro padre –puso cara de no entender nada–. Y, por cierto, ya está tardando un poco.

—A lo mejor uno de los cuatro es sonámbulo, y por la noche... –Eduardo cerró los ojos, extendió los brazos hacia delante y se puso a caminar como un robot.

—Mira que eres payaso –le empujó Constantina.

—Yo creo que es ella –el chico señaló a Estefanía–. Desde luego, anoréxica no está.

—¡Eduardo! –se disparó la chica–. ¡Mamá!

—Eso, ahora peleaos, como cuando erais críos –pasó de ellos.

—¡Mejor harías yendo a vigilarte ese acné! –se lanzó al ataque Estefanía–. Más que una cara llena de granos, lo que tienes es un inmenso grano con ojos, nariz y boca.

—¡Te voy a...! –su hermano mayor saltó hacia ella.

3 **una nevera** lugar frío donde se guardan alimentos – 4 **un pollo** Hähnchen – 4 **sobrar** quedar restos de uc – 8 **constar** ser uc cierta para up – 8 **un ala** *f* parte del cuerpo de algunos animales que les sirve para volar – 10 **inusitadamente** que no ocurre normalmente – 22 **un sonámbulo** up que mientras duerme se levanta, habla y anda – 25 **un payaso** up que hace reír a otras *aquí despect:* idiota – 29 *ser* **crío** ser pequeño, un niño – 32 **un grano** puntos que aparecen con el acné

Fue una persecución inútil. La atrapó ágilmente antes de que pudiera escapar de la cocina y la sujetó por la espalda. Estefanía se puso a chillar como una loca.

—¡Mamá! ¡Ay! ¡Ya vale, bestia!... ¡Me haces daño! ¡Mamá!

El último "Mamá" fue tan largo y angustioso que la mujer agarró un cazo y los amenazó.

—¡O paráis u os arreo!

Eduardo no paró.

Y se llevó un cazazo en la cabeza que le hizo soltar de inmediato a su hermana para llevarse las manos a la parte dañada.

—¡Ay! –protestó.

—Primero, tienes la cabeza dura. Segundo, si me llegas a romper el cazo, me lo pagas. Tercero, tú eres más fuerte, ¿estamos?

—Siempre te pones de su parte –apuntó Eduardo.

Estefanía se rió con ganas, como no lo hacía desde el domingo, desde el momento en que Amina había aparecido en su árbol, trepando hacia su ventana para meterse en su vida y cambiarla de arriba abajo. Eduardo le hizo un gesto con la mano, pasando de ella.

—Tú, no te vayas –lo detuvo Constantina al ver que se disponía a dejarlas solas– ¿Ya no sales con tu novia?

—Mamá...

—No era su novia –dijo Estefanía–. Las ganas.

Eduardo la fulminó con la mirada, pero, por si acaso volvía a ser atacado por el cazo de su madre, evitó tocarla.

—En cualquier caso: a) No era mi novia, cierto, pero de "las ganas", nada. Era ella la que me llamaba, ¿recordáis? Y b) Hay demasiados peces en el mar para quedarse con uno y nada más.

—Qué asqueroso –protestó Estefanía.

—Pues algo de eso habrá, hija –Constantina seguía preparando la cena, yendo de un lado a otro de la cocina mientras los escuchaba y hablaba con ellos–. Este cambia de novia, o de lo que–sea, como de camisa.

—Es un inmaduro –volvió a pincharle su hermana.

1 **atrapar** coger – 3 **chillar** gritar – 6 **un cazo** recipiente de cocina para calentar comida – 7 **arrear** *fam* pegar a up – 9 **un cazazo** pegar a up con un cazo – 16 **ponerse de parte de up** *loc* estar a favor de up – 30 **peces en el mar** *fam fig* que hay más chicas o chicos en el mundo – 36 **cambiar de novio como de camisa** *fam* cambiar muchas veces de novio – 37 **pinchar a up** *fam* molestar, picar a up

—¿Y tú qué? ¿Vas a casarte con el primero que te lo pida, enana?

—Si estoy enamorada…

—Ah, el amor –Eduardo puso cara de bobo.

—Mamá –dijo Estefanía–, ¿estás segura de que "esto" es hijo tuyo?

—Me temo que sí, cariño. Os parecéis demasiado.

Su madre los miró. Sabía que se querían con locura, que estaban unidos, que se defendían, que incluso compartían secretos y se apoyaban. Se lo había inculcado así desde niños: «Confiad el uno en el otro, porque un día, cuando faltemos papá y yo, estaréis solos y os necesitaréis, por mucho que ya tengáis una familia e hijos». Sin embargo, no podían dejar de ser lo que eran, un chico y una chica, separados por tres años, y con caracteres opuestos y peculiares.

—Mamá, ¿tú tuviste más novios antes de papá? –preguntó Estefanía

—No hablaré de eso si no es en presencia de mi abogado –fue tajante la mujer.

—Venga, va.

—Tonteé con dos o tres, pero nada serio. Apareció don Ladislao y… caí como una inocente. Me pudo.

—Dicen que lo que no se ha hecho de joven, se hace de mayor –la pinchó Eduardo.

—Eso será ahora, que estáis locos –quiso puntualizar Constantina–. De todas formas, le diré a mi amante que me voy con él y a–quí–os–que–dáis –cantó con sorna.

Estefanía se preguntaba a veces qué haría si ellos se separaran, como los padres de algunas de sus amigas. No podía ni pensarlo. No le cabía en la cabeza tener otra vida.

Hasta en eso necesitaba de toda aquella estabilidad familiar.

Para Amina, el equilibrio ya no existía.

Cuanto más recapacitaba en ello Estefanía, nuevas dimensiones aparecían en su zozobra.

—Y vuestro padre, ¿por qué tardará tanto? –repitió su queja Constantina.

2 **una enana** up muy pequeña *aquí:* una niña pequeña – 4 **bobo** tonto, idiota – 10 **inculcar uc a up** enseñar a up una idea, un concepto con mucho *hincapié* (Nachdruck) – 15 **peculiar** que es propio, característico de up o uc – 19 *ser* **tajante** decir uc categóricamente, que no tiene discusión – 22 **poder uc a up** ser uc o up más fuerte que otra – 26 **un amante** tener otro novio cuando ya se tiene uno – 27 *cantar/decir* **con sorna** decir uc con ironía – 30 **no caber uc en la cabeza** no ser uc comprensible para up – 34 **la zozobra** *s* preocupación, miedo

—Me voy, sois dos contra uno –inició la retirada Eduardo.

Se quedaron solas en la cocina. Una, haciendo cuatro cosas a la vez con un gran dominio del tiempo y el espacio; la otra, mitad pensativa, mitad agobiada, mitad ausente, lo cual eran demasiadas mitades.

Tener cerca a su madre, de alguna forma, la ayudaba.

Le daba seguridad.

Ellos nunca la obligarían a hacer algo que no quisiera.

—¿Quién era el chico de antes?

Estefanía reaccionó. Cuando Jonathan se iba, su madre entraba en la casa. Todo fue muy rápido, aunque no lo suficiente. Creía que no preguntaría, pero estaba equivocada.

—El hijo de los de la pastelería de la plaza mayor.

—¿Los Torneo? ¡Vaya por Dios! No lo hubiera reconocido.

—Nunca compras pasteles.

—Pero los conozco, aunque él ha dado un buen estirón. Y es guapo.

—¿Ah, sí?

—Caray, hija, ¡no me digas que no lo has visto!

—Pse.

—Vale, pues pse. Ya veo que sois amigos y residentes en el pueblo.

—Oye, si tanta prisa tienes en que me eche novio, me avisas.

—No seas tonta, hija –protestó su madre–. ¡Es que no se te puede hacer ni una broma!, ¿eh? ¡Ya sé que no andas perdiendo el tiempo con esas cosas!

—Y si lo pierdo, ¿qué?

Tuvo ganas de discutir, de pelearse, de gritar, de…

Algo las interrumpió.

El sonido de la puerta de la casa al abrirse.

—Ya está aquí –se tranquilizó Constantina.

Oyeron sus pasos, la forma de respirar, el ruido de la silla al dejar la chaqueta. Estefanía ya estaba en la puerta de la cocina cuando apareció su padre. Lo abrazó y le dio un beso en la mejilla. Su esposa siguió con lo suyo.

—Llegas tarde –le reprochó.

15 **un pastel** producto para comer que es dulce – 16 **dar un buen estirón** *fam* crecer mucho – 20 **pse** sonido que se hace con la boca para mostrar indiferencia por uc – 23 **echarse novio** tener un novio – 23 **avisar a up** hacer saber uc a up – 35 **seguir con lo suyo** continuar haciendo uc que ya se hacía – 36 **reprochar uc a up** criticar una acción de up

—Es que no sé qué pasaba en el pueblo –manifestó él–. He tenido que dar una vuelta enorme, y total…

—¿Qué pasaba? –se interesó su mujer.

—Pues que se estaban manifestando los magrebíes, exigiendo algo, no sé, porque iba en el coche y bastante he hecho con salirme del tumulto.

Las dos lo miraron.

—¿Habrá algún problema? –quiso saber con un toque de espanto Constantina.

—Ni idea –insistió él–, pero puedes contar. Querrán viviendas más dignas, un mejor trato, sanidad, papeles, más dinero… Lo lógico, pobres. Yo no sé cómo aguantan lo que aguantan. Mal deben de estar en su país para que se vengan aquí a tragar lo que tragan. En fin…

—La última vez hubo algún disturbio –le recordó ella.

—Eso fue hace cinco años –hizo un gesto categórico él.

Su padre salió de la cocina. Su madre continuó preparando la cena.

Estefanía aún tenía el corazón acelerado.

6 **un tumulto** desorden, confusión de mucha gente – 12 **aguantar uc** aceptar uc sin oponerse o quejarse – 15 **un disturbio** desorden en la calle – 19 **acelerado** que va muy rápido

19 Miércoles por la noche

Amina conectó la linterna y abrió de nuevo aquel cajón. Las cartas seguían en el mismo sitio, tal y como las había dejado al ser interrumpida por la llegada de Estefanía y de Jonathan un rato antes. Quiso decirle a su amiga que las estaba leyendo, mitad avergonzada, mitad deseosa de preguntarle por el final de aquella apasionada y apasionante historia de amor, pero no se atrevió. El desconcierto por la presencia de Jonathan fue demasiado y se olvidó de todo lo demás. Ahora necesitaba seguir, continuar en el mismo punto, cuando iba a leer un poema.

Le gustaba la poesía.

Y, más que nunca, amaba el amor.

Era como si, de pronto, hubiese descubierto que en su mundo nadie hablaba de amor. A su hermana la habían casado mediante el mismo acuerdo entre familias que trataban de imponerle a ella. En España las chicas se enamoraban a todas las edades, perdían la cabeza, hacían cosas increíbles, a veces muy fuertes a sus ojos, pero eran libres para dar rienda suelta a sus emociones. Ella sabía que nunca, nunca, podría besar a un muchacho en público, ni tocarlo o dejar que la tocase a ella. Eso no iba a cambiar. Pero no significaba que, tal vez muy secretamente, no envidiase aquella capacidad para experimentar sentimientos.

Quería amar.

Quería ser amada.

Más que nunca, después de leer aquellas cartas y conocer lo más intenso de un corazón humano, deseaba ser dueña de su destino y no casarse a la fuerza con un desconocido al que jamás podría amar como se habían amado Javier Vidal y Catalina Prats.

Amina casi estaba a punto de gritar. ¡El amor era eso, un grito!

¡Había tanta pasión, tanto fuego, tanta voracidad emocional cuando se desataba aquel misterioso huracán capaz de arrasar con cualquier equilibrio humano!

8 **el desconcierto** la confusión o la sorpresa fuerte de up que no sabe qué sucede – 18 **perder la cabeza por up** *loc fam* estar muy enamorado de up – 19 **a sus ojos** desde su perspectiva – 19 **dar rienda suelta** *fam* dejar libre, no mantener el control de uc – 34 **la voracidad** *fig* tener muchas ganas de uc – 35 **desatarse** *aquí*: liberarse – 35 **arrasar con uc** destruir o acabar completamente con uc

Sus ojos leyeron aquel poema escrito en enero de 1941. Una eternidad antes.

Me pregunto qué estarás haciendo
Me pregunto qué estarás pensando
Me pregunto si miramos la luna al mismo tiempo
Me pregunto si nos late el corazón más rápido
Imaginando las mismas cosas
Quizás cerremos los ojos a la vez, de pronto
Quién sabe si hasta nos dormimos al mismo tiempo
Separados por tantos kilómetros pero unidos
Tú y yo somos espejo y reflejo
Estamos en los dos lados a la vez
Tú y yo somos parte de la magia
Que hace del amor el más imprevisible de los sentidos
Tú y yo somos la prueba
De que todos los sueños son posibles
Me pregunto si tendremos el valor que necesitamos
Me pregunto si nos bastará la esperanza
Éramos vasos de amor sin fondo cuando nos encontramos
Ahora somos agujeros negros llenos de ansiedad
Absorbiendo la energía que nos damos
Me pregunto si tu libertad me hará daño
Me pregunto si mi cárcel te apartará del camino
Me pregunto tantas cosas llenas de misterio
Que cada respuesta es como un rezo cautivo
Cosas sencillas, cosas difíciles
Estamos hechos de constantes decisiones
¿De cuántas formas te he dicho que te quiero?
¿De cuántas formas he oído temblar tu voz?
Me pregunto si ahora mismo estoy contigo
Me pregunto si ahora mismo estoy en tu cabeza
Me pregunto si ahora mismo me estás sintiendo
Dentro de ti, en lo más profundo
El amor es la más injusta de las emociones
No te deja vivir, y al mismo tiempo te impide morir
El amor es un cántaro con 100 agujeros
Todo se te escapa por los 99 de los que no bebes

11 **un reflejo** (Wider)spiegelung – 14 **el sentido** *aquí:* sentimiento – 21 **absorber** *la energía* consumir, tomar – 25 **cautivo** ≠ libre – 36 **un cántaro** jarra

El amor es una grieta en la conciencia
Por la que se te pierde hasta la edad
Volvemos a tener 17 años y nos gusta
Y al mismo tiempo nos asusta su presencia
Estoy lleno de preguntas, pero también de promesas
Quisiera despertar cada día en tus brazos
Quisiera no tener ninguna pregunta
Que me bastase con mirarte cada vez
Y teniéndonos que fuera suficiente
Me pregunto si este amor nos hará fuertes
Me pregunto si tendremos bastante
Me pregunto por qué me duele tanto y tanto
Cada día que pasa es como una lluvia
Me va mojando, calando, empapando
El agua no me deja ver, el frío me hiela
Pero de mi cuerpo surgen raíces
Que van hacia ti en busca de tierra
Quiero crecer a tu lado
Me pregunto si es posible o lo será
Me pregunto si solo es una pregunta
Me pregunto quién soy
Me pregunto quién eres
Me pregunto qué somos
Me pregunto adónde vamos
Solo sé de dónde venimos
Venimos de la oscuridad y buscamos la luz
Me pregunto si podremos encontrarla
Esto es una prueba para los dos
Ganando lo tendremos todo
Y necesitamos ganar por cuanto nos han quitado
Solo pedimos un poco de felicidad
No es demasiado, ¿verdad?
¿O precisamente lo es todo?
Me pregunto por qué me pregunto tanto
Me pregunto si tú tienes las respuestas
Me pregunto si tú tienes tantas preguntas
Me pregunto si podremos olvidarnos de esas preguntas
Y ser únicamente lo que somos
Esa pequeña inocencia llamada amor.

1 **una grieta** Riss – 14 **mojar** echar agua a uc o up – 14 **calar** pasar el agua a través de la ropa – 14 **empapar** mojar mucho a up o uc – 15 **helar** → hielo

Tuvo que apartar la hoja de papel para evitar que la lágrima le cayera encima y borrara aquel trazo hecho a lápiz. Se llevó la mano libre a los ojos y se los secó.

Javier Vidal prisionero. Javier Vidal escribiendo poemas a su novia después de cinco años sin verla. Javier Vidal trabajando como un esclavo en un mundo extraño que le había dado la espalda.

Él también había estado solo.

Y su amor, Catalina.

Separados por el odio, la distancia, el miedo, la rabia de los seres humanos.

Cada línea contenía tanta desesperación...

Tanto amor...

Guardó la carta y miró la siguiente. De pronto se sintió culpable. ¿Quién era ella para estar allí, quebrando aquel silencio mantenido durante tantos años? ¿Y si aquellas cartas las había leído solo su dueña? ¿Con qué derecho profanaba aquellos textos, violando su intimidad?

Se quedó sin fuerzas.

Quedaban muchas cartas, no solo en aquel montoncito, sino en los otros. Examinó algunos remites y encontró otros nombres. ¿Cuándo se habían reunido Javier y Catalina? ¿Cuándo terminó su triste separación?

Estefanía era una chica afortunada por haber tenido unos abuelos así.

Estefanía.

La oyó subir, pero ya no tuvo ni fuerzas ni valor para ocultar su culpa. Esperó a verla aparecer, y cuando su amiga recortó su silueta en la penumbra del desván, le hizo una seña con la linterna. Era tarde, así que le traía la bandejita con algo de comida.

—Están sospechando –dijo la recién llegada dejando la bandeja en el suelo–. Mañana te compraré algo yo misma antes de venir.

—Sigo sin mucha hambre –se lo agradeció.

—¿Te has enfadado por lo de Jonathan?

—No, es buen chico.

—Sí, ¿verdad?

2 **un trazo** línea – 2 **llevarse la mano a** dirigir la mano hacia un lugar – 3 **secar** ≠ mojar – 6 **dar la espalda a up** *loc* ignorar a up – 17 **profanar uc** no respetar la memoria de uc/up – 18 **violar** *aquí:* profanar – 24 **afortunado** con suerte – 28 **recortar** *aquí:* dibujarse el perfil de uc sobre otra – 32 **sospechar de uc** → una sospecha

Amina le vio el brillo en los ojos, pero no dijo nada, por respeto. Estefanía volvió a ponerse seria.

—Dice mi padre que ha habido una manifestación de tu gente.

—¿Por qué?

—No lo sé –hizo una mueca insegura–, pero sería demasiada casualidad.

Sostuvieron sus miradas hasta que se relajaron, a sabiendas de su impotencia. Amina estaba sentada; Estefanía, todavía de pie.

—Ven, siéntate –pidió la primera.

—¿Qué haces? –observó el cajón abierto y las cartas desparramadas sobre su regazo.

—Perdóname.

—¿Por qué?

—Por esto –señaló las cartas.

—Son de mi abuela –dijo Estefanía como si tal cosa–. Ya te dije que lo dejamos todo aquí, tal cual lo encontramos en su casa.

—¿Y no las has leído?

—No –se estremeció–. Hablamos de ello, ¿recuerdas? Me daría repelús.

—¿Repequé?

—Repelús –se lo tradujo a su modo–. Me daría… cosa, no sé –volvió a estremecerse mientras ponía cara de inquietud–. Me cuesta imaginar a mis padres con mi edad, porque yo siempre los recuerdo igual que ahora, y más aún pensar en mi abuela de jovencita, cuando la guerra, con todo lo que pasó.

—Yo lo he hecho –confesó Amina–. Las he leído.

—¿Sí?

—Lo siento.

—No importa –la tranquilizó–, en serio. Mi abuela ya está muerta. Si sus recuerdos sirven de algo… ¿Y qué tal?

—Deberías leerlas –suspiró Amina–. Es lo más hermoso que he visto en mi vida.

—Eres una romántica. Aunque su historia, desde luego, es muy fuerte. Estuvieron siete u ocho años sin verse, ¡la tira!

—¿Tanto tiempo? –se preocupó Amina.

1 **un brillo** luz – 8 **a sabiendas** *loc* con todo el conocimiento sobre uc – 13 **desparramado** por todas partes – 13 **un regazo** Schoß – 17 **como si tal cosa** sin darle importancia – 18 **tal cual** sin cambios – 22 **dar repelús** *fam* sentir rechazo o temor a uc

—Mi abuela me dijo que se enamoró de mi abuelo justo el año de la guerra, el 36. Se hicieron novios y muy pronto él tuvo que irse a la guerra. Fue muy duro, ya no regresó. Le hicieron preso, estuvo en cárceles franquistas, y luego lo utilizaron junto a otros miles para hacer ese lugar donde enterraron al dictador, Franco. No regresó aquí hasta el año 45 o 46, porque se casaron en el 47.

—Y no dejaron de quererse.

—Ni un solo día –sonrió Estefanía–. Por eso, cuando mi abuelo murió, ella apenas le sobrevivió unos meses. Mi padre fue el último de sus cuatro hijos, aunque se les murió uno al poco de nacer.

—Yo no sabía que… –vaciló Amina acariciando las cartas.

—Oye, tranquila –insistió la nieta del hombre que las había escrito–. Una siente más curiosidad por lo de los demás que por lo suyo. Por mí, como si quieres leerlas todas.

—He aprendido lo que es el amor.

—Como si no lo supieras antes –se burló Estefanía.

—No, no lo sabía –reconoció la marroquí sinceramente–. Creo que ahora tengo un mayor coraje para luchar por mi destino.

—Entonces me alegro.

—Esas cartas me han enseñado cosas. Ha sido como si… me gritasen. Ahora sé que, pase lo que pase, no voy a casarme con ese hombre.

—¡Bien! –la abrazó Estefanía– Pero sin hacer ninguna tontería, ¿vale?

—Vale.

—A mí, si mis padres me obligaran a hacer una cosa así… Los odiaría, ¿sabes? No podría quererlos sabiendo que me hacen desgraciada sin importarles…

—Te lo dije: ellos creen que es mi bien, que así es como debe ser.

—Me gustaría entenderte.

—Pregunta –la invitó.

—Llevas aquí muchos años. No puedes recordar nada.

—Puedo hablarte de mi pueblo, de mi abuela, de mi familia, de mi casa y mi tierra. Y también puedo contarte cosas de nuestras comidas, nuestras costumbres, nuestras fiestas, cómo vivimos, cómo somos.

4 **preso** capturado (gefangen) – 20 **el coraje** valor, fuerza – 24 **pase lo que pase** was auch passieren mag – 31 **hacer desgraciada a up** no hacer feliz a up

Distancias. El problema de las personas eran sus distancias, reales o ficticias. Había vecinos que vivían puerta con puerta y de los que nadie sabía nada. Mundos cerrados, opacos. La intimidad llevada al máximo, es decir, al aislamiento absoluto. Marruecos debía de estar lleno de gente normal y corriente, como lo estaban España o México. Gente con todas sus virtudes y todos sus defectos, viviendo según su historia.

¿Por qué no?

Tal vez, si los conocía un poco mejor, lograría entenderlos, aunque eso no significaba que aceptase jamás lo que querían hacerle a su amiga.

—De acuerdo –se arrellanó Estefanía–. Háblame de tu casa, tu pueblo y tu familia, para empezar.

2 **ficticio** no real – 2 **vivir puerta con puerta** ser vecinos – 3 **opaco** ≠ transparente – 4 **un aislamiento** incomunicación

20 Jueves por la mañana

Lucía Cortázar se quedó mirando los periódicos expuestos en la parte frontal del quiosco. No entendía nada de lo que veían sus ojos. Unas horas antes se había ido a la cama dejando un pueblo algo inquieto por lo sucedido con la desaparición de Amina. Ahora salía a la calle y, de pronto, ya nada era lo mismo.

Bastaba una chispa para prender un fuego de proporciones siempre incalculables. Y la chispa estaba allí.

Ya la habían provocado.

La noticia era titular de portada, aunque no tenía el mismo tratamiento en tres de los periódicos del día, uno local, uno de cobertura comunitaria y otro nacional:

«Una manifestación magrebí acaba con cinco heridos».

«La desaparición de una niña de quince años desata el miedo y la inseguridad en San Marcial de la Roca».

«Tensión racial en San Marcial de la Roca».

No vio la televisión, no puso la radio, leyó y se acostó temprano. Aquello era, sencillamente, abrumador.

Tan irreal.

—Ya ve, vamos a ponernos de moda para lo peor, como siempre –farfulló el quiosquero.

—No sabía nada –dijo ella.

—Ni yo, ni casi nadie que no viva por el centro, pero esos –señaló los periódicos–, ya sabe que le sacan punta a todo y hacen una montaña de un grano de arena.

—Pero cuando algo está mal, casi siempre acaba peor –empezó a coger los periódicos para llevárselos todos.

—Esto está mal porque está lleno de moracos, qué quiere que le diga –le soltó el hombre–. Si se quedaran en sus casas y nos dejaran en paz...

Nunca le había visto más que como lo que era, una persona amable que le vendía cada día el periódico. Eso era todo. Ahora, debajo de su apariencia afable, aparecía el otro yo, o el verdadero yo, el de un racista.

8 **prender fuego** hacer fuego – 13 **una cobertura** cubrir – 15 **desatar** *aquí:* causar – 22 **farfullar** *fam* hablar rápidamente y sin que se entienda – 22 **un quiosquero** up que vende periódicos y revistas – 26 **hacer una montaña de un grano de arena** *loc* darle mucha importancia a un problema pequeño – 29 **un moraco** *despect* magrebí – 34 **afable** amable, simpático

O tal vez una simple persona como tantas.

Vender periódicos y revistas no significaba tener cultura.

—Y entonces, ¿quién recogería la fruta o trabajaría en los campos? ¿Usted, quizás yo?

—¿Qué se cree? A mí me dan un buen sueldo y lo hago. No nací con esto –abarcó el quiosco con las dos manos–.

Lo que pasa es que se creen que aquí todo el monte es orégano, y no. Hay problemas en todas partes.

No quiso seguir hablando. Primero, porque quería saber qué había sucedido. Y segundo, porque no quería llegar tarde al instituto. Discutir con el quiosquero tal vez no fuera sencillo. Odiaba las disputas "de calle" o "de bar", cuando dos personas, en cinco minutos, trataban de arreglar el mundo desde posiciones antagónicas. Pagó los periódicos y se alejó con un «Que pase un buen día» de despedida que le dedicó el primer intolerante del día.

Y presumía que no sería el único.

Ojeó las páginas dedicadas a los sucesos del pueblo de forma rápida, titulares principales y subtitulares. El resumen era simple: la desaparición de Amina ya estaba en la calle; la población magrebí, en lo primero que había pensado, unilateralmente, era en una agresión o tal vez algo peor. La manifestación se había iniciado de forma espontánea al anochecer; y a su paso, algunos jóvenes locales se enfrentaron con ellos, originándose una rápida refriega que terminó con los cinco heridos, todos del lado árabe. Heridos leves, aunque una sola gota de sangre ya era capaz de generar la correspondiente alarma social. Habría sido un incidente más, producto de los roces culturales y sociales de un mundo en continua disputa, pero el peligro colgaba de palabras tales como "inseguridad", "miedo", "tensión racial" y otras. Cada una venía a ser una flecha disparada hacia el corazón de los que estaban dispuestos a convertirlas en el respaldo de su propia violencia.

Según uno de los periódicos, la población magrebí de San Marcial de la Roca, mayoritaria entre los inmigrantes que llenaban la ciudad desde hacía una década, exigía que la policía investigara hasta las últimas consecuencias, como si dieran por sentado, poco más o menos, que Amina había

6 **abarcar** umfassen, *aquí:* rodear con los brazos uc – 7 **ser todo el monte orégano** ser uc muy fácil – 17 **presumir uc** creer – 18 **ojear** mirar uc rápidamente – 25 **una refriega** pelea – 28 **un incidente** pelea, disputa – 32 **una flecha** Pfeil – 33 **un respaldo** *aquí:* apoyo o protección a up o uc – 38 **dar por sentada uc** aceptar, creer uc

sido secuestrada y asesinada. Pero a continuación se incidía en los temas habituales: que los inmigrantes pedían mejores condiciones de vida, salarios justos, papeles para los ilegales, respeto…

Una cosa siempre llevaba a otra.

Y el "problema" nunca se solucionaría sin ese respeto, y sin que aquellos cientos de personas tuvieran una vida digna.

Tuvo que acelerar el paso y dejar de leer los periódicos para no llegar tarde a clase. Acabó a la carrera, sin saber si estaba más agitada por lo del día anterior o por su demora.

Aunque, en el fondo, nada era comparable a la desaparición de su alumna.

Cada vez que pensaba en ella, algo le oprimía el pecho.

Si realmente estaba muerta…

Aquello sería un polvorín.

Cuando llegó al instituto no fue a la sala de profesores. Ya era la hora. El timbre sonó en el mismo instante en que caminaba por el pasillo, ya más entera después de su breve carrera. Su clase con los de Cuarto A era siempre la primera, así que entró en el aula y contempló a sus alumnos, tan ajenos a todo, como casi siempre. Podía apostar lo que fuera a que salvo uno o dos, y por casualidad o por vivir en el casco antiguo del pueblo, el resto desconocía los sucesos de la noche anterior.

Se dio cuenta de que era un buen tema.

Una buena forma de empezar el día y, de paso, hacer algo más.

Recordó las palabras del inspector Gonzalvo:

«Si alguno de sus alumnos sabe algo de esa niña, puede que no hable. Siempre son tímidos, o reacios a meterse en problemas. Tal vez usted pueda bucear en sus mentes. Si tiene opción y encuentra la manera de hacerlo, inténtelo, por favor.»

No parecía mal policía. Le había caído bien.

—Atención –hizo que se callaran–. Quiero hablaros de algo.

Un par de alumnos miraron la silla vacía de Amina El Hachmi. Debieron de asociar los temas. Cuando el silencio dominó el lugar, ella continuó:

—¿Sabéis lo que sucedió anoche en el pueblo?

Nadie le respondió.

1 **incidir en uc** dar más importancia a uc – 7 **digno** justo – 9 **acabar a la carrera** correr – 10 **agitado** nervioso – 10 **una demora** retraso – 15 *ser* **un polvorín** *fam* situación conflictiva y difícil – 18 *estar* **entera** *aquí:* en mejor condición física – 21 **apostar** wetten – 29 *ser* **reacio a** estar en contra de uc – 30 **bucear** investigar, enterarse de uc

—Vamos –se cruzó de brazos con disgusto–. Es el cuarto día que Amina no viene a clase, y anoche hubo una manifestación magrebí para exigir que se la encuentre –miró a Pedro Castillo–. Tú vives en el mismo centro, seguro que viste algo.

—Un grupo de árabes pasó por debajo de mi balcón –dijo el chico–. Gritaban cosas, pero mi madre me hizo entrar en casa y no me enteré de mucho más.

—¿No viste la refriega?

—No.

—¿Alguien sabe qué está pasando?

—Que va a liarse, como siempre –espetó Berta Amorós.

—¿Por qué crees que va a liarse?

—Porque periódicamente hay roces y estalla la tormenta, por eso –no se cortó un pelo la muchacha–. Ya tenemos un diez por ciento del pueblo que ha llegado de fuera, y la mayoría seguro que son ilegales. Es lógico que se líe.

—¿Alguien más cree que va a liarse? –preguntó Lucía.

Volvió el silencio.

Comprendió que uno a uno, y delante de los demás, les costaría hablar del tema. En primer lugar, la timidez y el recelo. Para otras cosas, la mayoría cuestiones intrascendentes, tenían un morro que se lo pisaban, pero para las importantes, una mordaza les atenazaba la mente. Sus criterios tal vez fueran propios, ya formados, pero en algunos casos serían los de sus casas. Padres racistas, hijos influenciados. El fantasma del radicalismo sobrevolándolos a todos. Berta Amorós y un par más no se cortaban, pero lo que buscaba era llegar a todos.

Tuvo la idea.

—De acuerdo –asintió–. Hoy vamos a hacer un miniexamen. Sacad papel y bolígrafo.

Los murmullos se elevaron en espiral. La palabra examen era una de las más aterradoras de su universo. Hubo miradas de pánico y caras de angustia. Para Lucía, un poco, fue una venganza. Disfrutó del momento con sádica impudicia. ¿No querían expresarse en voz alta? Lo harían en un papel.

14 **no cortarse un pelo** *loc fam* decir lo que up piensa sin importarle las consecuencias – 21 **intrascendente** que no es importante – 21 **tener un morro que se lo pisa** *fam* frech sein – 23 **una mordaza** pañuelo que se pone a up en la boca para que no hable – 23 **atenazar** inmovilizar – 34 **una venganza** devolverle a una up el *daño* (Schaden) que ha hecho – 34 **la impudicia** sin vergüenza

—Esto no irá firmado –les anunció–. Podéis cambiar la letra para no ser reconocidos si lo deseáis. Por tanto, tampoco habrá puntuación.

—Y entonces, ¿para qué sirve? –preguntó un chico.

—Para conocernos un poco mejor –se apoyó en la mesa todavía con los brazos cruzados–. Tal vez después, cuando todo esto pase, nos sirva de reflexión. Entonces sí leeré los que crea oportunos en clase y los discutiremos. El que quiera reconocer la autoría de su texto, podrá hacerlo. ¿De acuerdo?

—Pero ¿sobre qué debemos escribir?

—Quiero que me digáis lo siguiente, anotad –esperó a que se volcaran sobre sus hojas de papel–. Primero, qué opináis sobre Amina. Segundo, qué opináis de los árabes y los demás inmigrantes del pueblo y por qué creéis que están aquí. Tercero, qué opináis del mundo árabe en general. Cuarto, qué creéis que puede haberle sucedido a Amina –elevó la voz al terminar para ser más convincente–. ¡Quiero un verdadero trabajo, nada de respuestas cortas a base de «sí» o «no» o «no sé»...! ¡Y como alguno, aprovechando el anonimato, se ponga a escribir burradas, os juro que entonces sí sabré quién es y lo lamentará! ¡Esto es en serio! Venga, ya podéis escribir.

Vio cómo se volcaban en sus sorprendentes trabajos.

Los quería. Los quería mucho. Pero para algo estaban las estadísticas. Un tanto por ciento mínimo conseguiría lo que deseaba en la vida. Otro tanto por ciento más amplio, no. Si de cada cien chicos y chicas, otro tanto por ciento sufría vejaciones en su infancia, alguno de los suyos tal vez ya hubiese pasado por ello o se lo encontraría a la vuelta de la esquina. Si la realidad de los embarazos adolescentes era tan cruda, algunos de ellas o de ellos tal vez pasaran por esa situación. Si...

Ojalá pudiera protegerlos, hacerles ver que las estadísticas no tenían por qué ser siempre así, que podían bajarse, que estaba en su mano triunfar en la vida, o simplemente ser felices. Que dependía de ellos mismos y, por encima de todo, de su libertad, algo que pasaba inexorablemente por la cultura. ¿Cómo hacerles ver que leer libros no era un castigo, sino la llave de esa libertad?

12 **volcarse sobre** colocarse para empezar a escribir – 20 **escribir una burrada** escribir uc muy grave o fuerte – 27 **una vejación** maltrato o humillación – 28 **encontrarse uc a la vuelta de la esquina** *loc* pasar pronto uc – 30 **crudo** *aquí:* difícil, cruel – 36 **inexorablemente** uc que no puede evitarse

¿Qué clase de esponjas eran, que solo absorbían una parte de la vida, casi siempre la más inocua, despreciando la mejor?

Escribían en silencio.

Y Lucía volvió a mirar la silla vacía de Amina.

La aprensión ya no desapareció de su pecho.

1 **una esponja** *fam* up que tiene facilidad para aprender cosas – 1 **absorber** *aquí:* recibir, percibir – 2 **inocuo** uc que no es peligrosa, que no hace daño – 5 **la aprensión** miedo o temor

21 Jueves por la mañana

Amina ya sabía cómo terminaba la historia. Estefanía se lo había dicho. Un final feliz. Javier Vidal, ya libre, pudo regresar a su casa. Catalina Prats, fiel a su recuerdo, le había esperado año tras año. Se casaron, tuvieron hijos y, aunque el tiempo perdido fue irrecuperable, vivieron llenos de amor hasta su muerte. El padre de Estefanía era uno de esos hijos; Estefanía, su nieta.

Sí, una maravillosa historia.

Pero conocer el final no le hizo dejar de leer, al contrario.

Ahora percibía más la intensidad de cada palabra, la fuerza de aquellos trazos a lápiz, lo sublime de aquel amor capaz de superarlo todo: la guerra, el odio, la intolerancia, la terrible distancia abierta entre ambos. Ahora entendía mucho mejor lo que era ser víctima de una injusticia, y la clase de lucha que se necesitaba para ser capaz de vencerla con el tiempo, o dominarla mientras se buscaba ese punto de inflexión para la pelea decisiva. En aquellas cartas, Javier Vidal no hacía sino labrar los peldaños de su resistencia y abrir el camino de su regreso. No se había rendido en ningún momento. Por eso sobrevivió, y por eso ganó el premio final: el amor de Catalina Prats.

Había más y más poemas.

Y le encantaba leerlos.

Copiarlos, para llevárselos consigo, igual que una ladrona de amor.

Algún día sentiría lo que habían sentido ellos. Algún día amaría y sería amada. Algún día tendría el futuro que ahora, ahora mismo, fuese capaz de labrarse. Aquella era su primera piedra. Estaba en sus manos. Si su padre o su madre pudieran leer aquellas cartas, entender lo que ella deseaba… Al llegar a casa de Estefanía el domingo por la noche no era más que una chica asustada. En aquel cuarto día de su escapada se sentía otra, distinta, aún llena de miedo, pero más fuerte para aceptar incluso ese miedo. Y parte de su cambio estaba allí, en las cartas que devoraba, como si el pasado de unas personas ajenas la estuviese empujando hacia la luz de su propio futuro.

Qué extraño que hubiese descubierto el amor de esa forma.

4 **fiel** *aquí:* sincero – 25 **consigo** con él/ella/ellos/ellas – 25 **un ladrón** up que coge uc que no es suya – 29 **labrarse** *un futuro* luchar para conseguir uc

Había leído muchas novelas, muchísimas, y la palabra amor era siempre una expresión literaria, algo que les pasaba a los demás. Le encantaban las historias de amor. Pero las leía desde fuera, como si no tuvieran nada que ver con ella aun cuando despertasen su lado romántico. La historia de los abuelos de Estefanía era real, tenía un espacio propio. Por eso ahora sí entendía el amor.

Y entendía que lo quería.

El hombre viudo de su pueblo tendría que buscarse a otra.

Le gustaba mucho uno de aquellos poemas, porque hablaba de esperanza y futuro.

Nos espera una cama en algún lugar
con un volcán de amor entre las sábana
y nuestros nombres grabados en la almohada.
Es extraño.
Tiene ya nuestro calor y nuestro aroma
y aún no hemos estado en ella.
Nos espera un paraíso en alguna parte
con el sol de la ternura dándonos luz
mientras nos amamos una y mil veces.
Es mágico.
Ya nos pertenece en cuerpo y alma
y sabemos que su nombre es amor.

Trataba de imaginarse la larga agonía de aquellos años separados y le costaba apreciar la dimensión del tiempo. Para ella, un año era casi toda una vida, y más allá de esa medida, hablar de dos, tres, cinco... diez... La superaba y abrumaba. Javier y Catalina fueron capaces de esperarse todo ese tiempo. ¿Cómo no se casó ella con otro? ¿Cómo no se rindió él? ¿Tanta era su fuerza? Las cartas del prisionero destilaban una tristeza que la hacía llorar. ¿Cuántas lágrimas habría vertido la mujer que le esperaba?

El comienzo de aquel poema tan angustioso...

14 **grabado** escrito – 19 **la ternura** cariño o muestra de afecto – 25 **costar uc** *aquí:* ser muy difícil hacer o entender uc – 25 **apreciar** *aquí:* darse cuenta de uc, notar – 27 **abrumar** producir uc estrés o angustia – 30 **destilar** mostrar un sentimiento – 31 **verter** *lágrimas* llorar

Este lento invierno
Este lento, pausado, frío y desangelado invierno
Que pasa como tus suspiros en las noches de silencio
Lleva todos sus otoños prisioneros
Prometiendo primaveras que no llegan
Día a día, despacio, se me come las esperanzas
Poco a poco, sin prisa, me devora las ansiedades.

El desván se había convertido en su cómplice, el confidente de sus sueños. Cuando se marchó de su casa, preguntándose adonde ir, en lo primero que pensó fue en él. Estefanía era su amiga, pero el desván era su único refugio. No lo habría conseguido de haber pasado la noche a la intemperie, o vagando por ninguna parte. Estaría de vuelta en su casa, castigada, o enviada directamente a Marruecos para la ceremonia. Aquel desván, que había conocido una vez, se le antojó un lugar aparte, una isla. Ahora se alegraba de estar allí.

Copió otro de los poemas, imaginándose la mano que lo habría escrito y los ojos que lo habían leído. Eso le era más difícil, porque no tenía referencias. ¿Qué clases de cárceles aprisionaron la vida de Javier Vidal? ¿Cuándo y cómo habría leído Catalina Prats todas aquellas cartas? Qué extraña era la historia de las personas.

Sobre todo cuando se examinaba años después, en otro tiempo, otro lugar, otra dimensión.

Le gustaba también mucho un poema breve que Javier le había regalado a Catalina el día de su 21 cumpleaños.

Grítale mi nombre al viento,
y lo hará su prisionero.
Yo gritaré el tuyo hacia adentro,
para que me abrase entero.

2 **desangelado** que no es agradable – 8 **un confidente** up a la que se le cuentan cosas secretas – 11 **un refugio** lugar donde up puede protegerse – 12 **a la intemperie** *loc* en la calle – 13 **vagar** ir por un lugar sin saber adónde – 30 **abrasar** quemar

22 Jueves por la mañana

Los resultados de "la prueba" eran, cuanto menos, muy reveladores, por no decir asombrosos en algunos aspectos. Lucía trataba de evaluarlos por encima del hecho de que ella misma estuviese implicada en el tema. Amina era una de sus alumnas favoritas, y toda la clase la formaban chicos y chicas a los que apreciaba, había visto crecer y trataba de estimular.

Pero que, en el fondo, eran veintiséis desconocidos. Veintisiete contando a la desaparecida.

Tendría que llamar al inspector Gonzalvo para comentar aquello.

Se concentró en aquella curiosa y atípica evaluación. A la primera pregunta, qué opinaban de Amina, exactamente la mitad, trece, habían contestado que era «una chica normal», aunque cuatro matizaban algún que otro aspecto puntual: «pero rara», «un poco parada», «algo tonta a causa de su religión» y «no tiene rollo». Los otros trece se repartían entre expresiones del tipo «no la conozco bien», «nunca sale de marcha ni se relaciona con nosotros fuera del instituto» o «no está mal para ser mora», hasta los más crueles «es negra» o «es tonta» que habían escrito nada menos que tres y dos de sus alumnos.

A la segunda pregunta, qué opinaban de los árabes y los demás inmigrantes del pueblo y por qué creían que estaban allí, las respuestas se repartían en tres bloques homogéneos. Diez respuestas destacaban– que «eran buena gente» y «habían venido a trabajar», y dos de ellas matizaban que esos trabajos eran los que nadie quería hacer. Siete manifestaban de una u otra forma que «eran personas sucias, que no entendían, que los estaban invadiendo poco a poco, y que les estaban quitando el trabajo a los del pueblo». De las nueve restantes, poco podía extraerse: una decía que «eran traficantes de drogas»; otra, que «le daba lo mismo»; otra más incidía en el «no me gustan», pero sin matizar; una decía que «eran estupendos porque trabajaban por cuatro cuartos»; otra mencionaba que «vivían apartados sin relacionarse con los del pueblo, por miedo o

2 **cuanto menos** por lo menos – 3 **revelador** que descubre cosas nuevas – 5 **estar implicado** participar un un hecho – 12 **atípica** ≠ típica – 15 **matizar** dar más detalles – 16 *ser* **parado** no ser muy activo, vivo – 17 **no tener rollo** *Esp* no tener marcha – 33 **dar uc lo mismo** no importar mucho – 35 **por cuatro cuartos** *loc* por poco dinero

por vergüenza»; otra, que «eran machistas y racistas», y tres estaban en blanco, sin criterio ni opinión.

A la tercera cuestión, qué opinaban del mundo árabe en general, de nuevo la mitad habían respondido que eran exactamente igual que ellos, pero con otras costumbres. Algunos especificaban que esas costumbres estaban «impuestas por su religión»; otros, que «estaban atrasados a causa de las mismas». Las otras trece eran dignas del museo de los horrores o, cuanto menos, del más exhaustivo de los análisis. Tres decían que los árabes «tenían petróleo y eran muy ricos»; tres más, que «podían tener cuatro esposas y eso estaba bien»; dos decían más o menos que el «islam es una cultura muy antigua, pero que, como los romanos o los griegos de hacía veinte siglos, tendía a desaparecer»; dos estaban en blanco; una mencionaba que «siempre habría guerras con los cristianos porque Dios y Alá eran cosas distintas»; otra, que eran «unos fanáticos capaces de ponerse bombas en el cuerpo para matar a sus enemigos o robar aviones y estrellarlos contra las ciudades», y una última decía que «vivían como animales y se lo hacían todo encima».

Con la cuarta pregunta, qué creían que podía haberle pasado a Amina, Lucía se sintió aún más inquieta por las respuestas. No todas eran coherentes, pero sin saber cómo ni por qué... Era como si allí dentro hubiese algo. Nunca dejaba de fiarse de su instinto.

Once respuestas estaban en blanco o decían «no lo sé», que era lo que esperaba en el fondo. Cuatro decían que Amina «había sido violada y asesinada», lo cual demostraba una truculencia absoluta, marcada por lo que veían en televisión o las percepciones que de la vida había creado su entorno, el mundo adulto o su fantasía melodramática. Cuatro más, en el mismo estilo pero un poco más románticas, especificaban que Amina «se había fugado con su novio». Que ella supiera, la muchacha no tenía novio. Dos insistían en que «como todos los moros, su familia debía de ser traficante de drogas y habían huido del pueblo», lo cual era tan absurdo como incierto. Otras tres, del lado romántico pero entronizadas con la vertiente

2 **estar en blanco** sin contestar – 7 *estar* **atrasado** poco desarrollado o evolucionado – 9 **exhaustivo** en detalle – 14 **tender a + INF** tener tendencia a – 18 **robar** up coge uc que no es suya sin permiso – 18 **estrellar uc** impactar uc contra otra – 20 **hacérselo todo encima** *fam* expulsar del cuerpo orina o excrementos de forma involuntaria – 29 **una truculencia** uc que asusta o causa horror

melodramática, citaban que ella «debía de estar en estado» y por esa razón lo de la escapada. Una, no menos especial, manifestaba que «sus padres querían casarla con un hombre mayor, obligándola a dejar España para regresar a su tierra», y la última y más idiota argumentaba que «había sido abducida por extraterrestres».

Había .para todos los gustos: respuestas coherentes e interesantes, respuestas imbéciles, respuestas indiferentes, pero lo primero que se deducía de todo aquello era alarmante: al menos un tercio de sus alumnos eran racistas. El menosprecio que destilaban aquellas opiniones o frases no dejaba lugar a dudas. Y un tercio era mucho, demasiado. Tanto que tuvo dos reacciones: asustarse y deprimirse. Asustarse porque aquello era el caldo de cultivo de los enfrentamientos, presentes o futuros, entre las dos comunidades. Deprimirse porque se sentía fracasada en su labor docente. Cierto que ella solo les daba lengua y literatura, pero creyendo, como creía, que saber leer y escribir era la base de la cultura, que un tercio de sus chicos y chicas siguieran de espaldas a esa cultura era preocupante. Una verdadera alarma social, humana, moral.

Bastaba con que apareciera un Hitler, o un Mussolini, o un Pol Pot, un Milošević, o un Bin Laden loco, cualquier iluminado capaz de aglutinar a los descontentos y aprovechar la incultura para convertir a las masas en los instrumentos de su odio, para que la historia se repitiera y almacenara nuevas páginas negras. Seis millones de judíos, tres millones de camboyanos, hutus, tutsis, kurdos, bosnios... Siempre era lo mismo. A veces bastaba solo aquella chispa. La desaparición de una niña o que España y Marruecos se picaran la una a la otra.

El amor, la tolerancia, la compasión, la igualdad, el respeto, la integración, la cooperación, la solidaridad... acababan siendo palabras hermosas pero ajenas.

La humanidad nunca aprendería.

Así que estaba condenada a destruirse.

Lucía intentó combatir la depresión y no pudo.

1 **estar en estado** estar embarazada – 6 **un extraterrestre** up de otro planeta – 11 **el menosprecio** no valorar a up – 14 **caldo de cultivo** ser el origen de uc – 14 **un enfrentamiento** lucha, pelea – 16 **fracasado** no tener éxito con uc – 16 **labor** trabajo – 19 **de espaldas a** no mostrar interés por uc – 23 **aglutinar** reunirse un grupo de personas o cosas – 25 **almacenar** guardar – 25 **una página negra** acontecimiento triste, malo de la historia – 29 **picar a up** molestar a up con uc – 34 **estar condenado** no poder evitar uc – 35 **combatir** luchar contra uc

Tras evaluar las respuestas y superar la primera sorpresa producida por aquel descubrimiento, escudriñó un poco más a fondo las veintiséis hojas de papel. La mayoría había hecho lo que les dijo: intentar disimular sus letras para que aquello fuese anónimo si lo deseaban, pero bastantes lo hicieron con su letra auténtica, casi todos del lado de los positivos y tolerantes, y los que la habían falseado eran tan reconocibles como los primeros. En eso, tuvieran quince años más o menos, no dejarían nunca de ser unos pardillos. Casi hombres y mujeres para algunas cosas, y aún niños y niñas para otras.

No sonrió. No tenía ganas.

El estremecimiento, la sacudida de su instinto, se lo habían producido las respuestas del tercer apartado, qué creían que le pudo haber sucedido a Amina.

Violada y asesinada, fugada con un supuesto novio, embarazada, tráfico de drogas, extraterrestres... Y obligada a casarse con un hombre mayor, con lo cual iba a regresar a Marruecos dejando de estudiar.

Su instinto le dio la clave.

La última respuesta no estaba mal, era coherente, se habían dado casos entre la población magrebí y ni se le había ocurrido como causa probable, teniendo tanto sentido como tenía; pero en aquella argumentación había un detalle singular. La expresión «hombre mayor».

¿Qué más daba que fuese joven o viejo?

Era una puntualización... peculiar.

Y quien había escrito aquello sí se había molestado en disimular absolutamente la letra, aunque descartando al resto, uno a uno, no tenía que resultar complicado dar con el autor o autora.

Levantó los ojos de las hojas y se enfrentó a su clase. Las mismas caras, las mismas inocencias, aunque ahora ella las viese un poco más desnudas.

—Vamos a comentar esto –anunció.

—¿Va a leer las respuestas? –preguntó Berta Amorós.

—Son anónimas –repuso ella–. Me gustaría que las discutiéramos en voz alta y también que sepáis cómo piensan los demás, aunque sea en general.

9 **un pardillo** *Esp fam* up a la que es fácil engañar – 12 **una sacudida** *aquí:* golpe – 28 **descartar** eliminar

No era clase de lengua y literatura, pero tal vez fuese una de las materias más importantes que podía dar en aquellos momentos.

Mientras, su dichoso instinto siguió martilleándole la cabeza con aquella extraordinaria puntualización acerca de la boda obligada, con «un hombre mayor», como causa de la desaparición de Amina.

2 **una materia** asignatura – 4 **dichoso** *fam aquí:* que molesta o fastidia – 4 **martillear** dar uc golpes continuos a up o uc

23 Jueves por la mañana

Estefanía fue de las primeras en salir al patio, pero Berta la atrapó a los pocos pasos. Una vez más, la cogió por un brazo y la apartó del resto para hablar con ella a solas y sin interferencias. Fue directa al grano.

—¿Qué está pasando aquí?

—¿A qué te refieres? –dudó Estefanía.

—¡Maldita sea! ¿Has escrito tú ese comentario de que Amina iba a ser obligada a casarse con un hombre mucho mayor que ella?

—¿Cómo sabes que he sido yo? –se asombró su compañera.

—¿Crees que me chupo el dedo? Cuando la profesora ha leído nuestras respuestas y he oído esa... Me ha bastado con mirarte para saber que era la tuya, porque te has puesto roja, como siempre. Y el detalle de que fuera «un hombre mayor» ya ha sido... Te has traicionado tú sólita.

—Pues sí que eres perspicaz –reconoció Estefanía.

—O sea que has sido tú, ¿verdad? –insistió.

—Sí –se rindió Estefanía.

Berta arrugó toda la cara en una mueca de furia.

—¡Joder!

—No sé qué me ha pasado. Lo he escrito sin pensar.

—Bueno, ya da igual. Ahora mismo yo solo entiendo que ella es idiota por no plantarle cara al asunto, aunque imagino que debe de estar cagadita de miedo, y tú más por encubrirla. Pobre. Lo debe de estar pasando fatal. Pero no es huyendo como va a solucionar las cosas.

—Tú eres muy directa y agresiva, vale –se enfadó Estefanía–. Sin embargo, los demás no lo somos tanto. Cuando me lo contó, estaba llorando y temblando.

—Entonces hazle un favor y cuéntalo tú. Ayúdala.

—¡Le prometí callar!

—¿Es que no entiendes que, sabiendo el motivo de que haya huido, la policía pondrá firmes a los padres y ahí acabará el asunto?

—No es tan fácil.

5 **ir al grano** *loc* ir directamente al problema – 12 **chuparse el dedo** *loc fam* ser up tonta o ingenua – 16 **solito** *dim* solo – 17 **perspicaz** up que entiende las cosas fácilmente – 24 **no plantar cara** no enfrentarse a un problema – 25 **estar cagadito de miedo** *fam* tener up mucho miedo – 25 **encubrir a up** ayudar a up a no ser descubierta – 34 **poner firme a up** *fam* imponer disciplina

—¿Cómo que no lo es? –gesticuló Berta–. ¡Eres más terca que una mula! ¡No van a dejar que una chica sea secuestrada por sus propios padres para obligarla a casarse en Marruecos!

—¡Amina no quiere enfrentarse a sus padres, solo quiere que entiendan!

—¿Y cómo van a entender, eh? ¿Tú te crees que miles de años de costumbres cambian de la noche a la mañana? Como la trinquen, la meterán en un coche empaquetada para casita. Antes de que se dé cuenta, ya estará en manos del ganso que le toque, y a pringar, como todas. ¡Si la quieres, has de hablar!

—De acuerdo: hablo, lo digo, la policía va y les prohibe que se lleven a Amina a Marruecos. Luego, ¿qué? ¿Van a vigilarlos todos los días del año, todos los años, hasta que ella tenga capacidad para emanciparse? ¿Quién no te dice que lo repetirán por sorpresa en unos meses, o en verano, con la excusa de irse de vacaciones? Lo esencial es que entiendan que ella no quiere eso para su vida, y que ha de elegir por sí misma. No es con la policía en casa como ella y sus padres se van a entender.

—Si los padres de Amina se la llevan en verano, o cuando sea, la policía los detendrá.

—¡Pero ella ya estará casada, y allí no hay divorcio que valga!

Berta discutía con vehemencia. Más aún, con agresividad. Estefanía, en el fondo, se estaba defendiendo de su pasión, actuando como abogado del diablo aun cuando pensara casi lo mismo acerca de todo.

—Escucha –trató de calmarse Berta–. Lo que pasó anoche es serio, muy serio. Casi se lió. Casi. Pero se liará del todo hoy, o mañana cuando empiece el fin de semana. ¿Eso no cuenta?

—¿Qué pasó anoche?

—¿No te has enterado?

Recordó el comentario de su padre acerca de la manifestación de los magrebíes. Y en las dos primeras clases de la mañana, los corros de los profesores, los comentarios de Julia Cortázar, o los de algunos chicos y chicas de los dos

1 **más terca que una mula** up que mantiene su idea sin tener razón – 7 **de la noche a la mañana** de pronto, rápidamente – 8 **trincar a up** *fam* coger a up – 8 **empaquetado** *fam* envuelto como un paquete – 9 **un ganso** *fam* idiota, tonto – 10 **pringar** *Esp fam aquí:* aceptar la situación – 10 **haber de** tener que – 13 **vigilar** observar con atención lo que hace up – 16 **una excusa** explicación que da up para disculparse por uc – 22 **un divorcio** separación legal de dos personas que están casadas – 25 **un diablo** demonio – 34 **un corro** círculo

cursos superiores, los de bachillerato. Ella había estado como hipnotizada, al margen, presa de sus pensamientos.

El mundo había seguido moviéndose.

—No –confesó.

—Pues anoche un grupo de marroquíes se manifestó exigiendo la aparición de Amina, y, cómo no, otro grupo de pirados locales se les enfrentaron. ¿Resultado? Algunos heridos leves. Hoy salimos en todos los papeles. Eso es lo que pasó anoche por culpa de Amina.

—¡No es su culpa!

—Pero ha sido el arranque.

—¿Por qué su padres no cuentan la verdad?

—¿Y ganársela? No lo harán. Pero lo que cuenta es que, sea de quien sea la culpa, estamos sobre un polvorín, y que el menor incidente puede encender los ánimos. Muchos de los de aquí están hasta el gorro de la invasión, y ellos exigen casas, servicios, sanidad y dinero por su trabajo. O sea, que ya estamos. Tu Amina se ha convertido en el ojo del huracán.

—¡Oh, no! –se llevó una mano a la boca Estefanía.

—Puede desencadenarse una reyerta –la alarmó aún más Berta.

—Eso no es… posible.

—¿Y si muere alguien?

Fue un jarro de agua fría. Estefanía trató de detener las lágrimas, pero ya era demasiado tarde. Las dos primeras saltaron por las cuencas abiertas de sus ojos y resbalaron por sus mejillas. La mirada con que bañó a Berta fue de pánico.

Y también de rendición absoluta.

—Tú sabes dónde está, ¿verdad? –suspiró Berta.

Ya no pudo más.

—Sí.

—Lo sabía –el nuevo suspiro fue aún más rotundo–. ¿Estás loca o qué?

—Hablaré con ella hoy mismo.

—Escucha, la de literatura es buena tía, se le nota que quiere ayudar, y Amina le caía bien. A lo mejor ella…

2 **al margen** *loc* fuera, apartado – 2 **preso** ≠ libre – 7 **un pirado** *fam* loco – 7 **local** de la ciudad – 11 **un arranque** comienzo – 16 **estar hasta el gorro** *loc* estar harto de uc – 18 **el ojo del huracán** centro de atención – 20 **desencadenarse** producirse uc – 20 **una reyerta** pelea (Streit, Schlägerei) – 24 *ser* **uc un jarro de agua fría** *loc* quitar a up la esperanza – 26 **la cuenca** *de los ojos* espacio donde está situado el ojo – 26 **resbalar** caer – 27 **bañar** *aquí:* echar, cubrir – 32 **rotundo** claro, preciso

—¡Hablaré hoy mismo! –repitió.

—¿Y si hay más problemas esta noche?

—Berta, por favor… –gimió agotada.

Su amiga esperó unos segundos. También ella se rindió ante la magnitud de los hechos que la desbordaban y ante la clase de promesa que unía a Estefanía con Amina. Por lo menos, más que ninguna otra cosa, podía entender esto último.

—Eres una tía legal –ponderó.

—Tú también –logró sonreír Estefanía.

5 **la magnitud** de mucha importancia – 5 **desbordar uc a up** no poder controlar uc

24 Jueves por la tarde

Su madre fue a buscarla inesperadamente a mediodía para ir a comer con la tía Adelina, por aquello de que estaba sola y un poco de compañía no le vendría mal. Se quedó horrorizada al verla, y por más que insistió en ir a casa, con media docena de excusas y motivos a cual más importante, no logró convencerla.

—¡Ay, hija, cómo estás! –se enfadó Constantina– ¡Pues si lo sé, no vengo a por ti! ¡Pero ahora ya se lo he dicho a la tía Adelina, así que… te aguantas! Si has de coger algo de casa, pasamos en un momento y ya está, no le veo el problema.

El problema era que no bastaba un momento para hablar con Amina, sino mucho rato, más del que disponía.

No tuvo más remedio que aceptar lo inevitable, aguantarse, perder aquel tiempo precioso, resistir las quejas de la tía Adelina en su insistencia de que la operación de cadera la había dejado fatal, y prometer a todos los santos del cielo que si no sucedía nada malo… ¿Qué?

Ninguna promesa cambiaba las cosas, solo los actos.

Las clases de la tarde fueron tediosas, duras y, por encima de todo, crispadas. Era como si algo flotase ya en el ambiente. Salvo la profesora de lengua y literatura, nadie sacaba a colación el tema de los disturbios ni la desaparición de Amina El Hachmi. ¿Querían preservarlos de todo mal, o acaso algunos maestros creían que entre ellos había ya elementos capaces de salir a la calle para enfrentarse por unas ideas únicas? El miedo no era preceptivo de unos u otros, sino un mal global. Miedo unido a todas las restantes lacras que hacían de las sociedades auténticos pozos de odios.

Intolerancia, radicalismo…

Entre la primera y la segunda clase, le echó un vistazo al móvil. Tenía dos mensajes, ambos de Jonathan. Le buscó por el patio sin dar con él y optó por no perder el tiempo. El primero decía: «Espérame al salir». El segundo: «Se está preparando algo. No te vayas sola a casa, por favor».

¿Qué se estaba preparando?

2 **inesperadamente** por sorpresa – 4 **una compañía** → acompañar – 10 **aguantarse** resignarse – 14 **no tener más remedio** no tener otra alternativa – 15 **precioso** valioso – 20 **tedioso** aburrido – 21 **crispado** irritado, nervioso, enfadado – 21 **flotar uc** *en el ambiente* haber un estado de ánimo o sensación – 22 **sacar a colación** *loc* decir uc – 28 **una lacra** uc mala y *perjudicial* (schädlich)

No le dijo nada a Berta. Su amiga era demasiado inteligente. Si seguía razonando, como era lógico, llegaría a la conclusión de que había muy pocos lugares en los que Amina pudiera estar oculta. Así que mejor no mezclarla en lo que debía ser la parte final del lío. Quizás, con Jonathan a su lado, Amina entendiera cómo demonios arreglar todo aquello.

Estefanía contó cada uno de los minutos que la separaban del fin de la jornada escolar.

Salió a la carrera del instituto, atravesó el patio y llegó a la calle sin apenas aliento. Jonathan ya estaba subido a su moto, con el casco para ella en las manos.

—¿Qué es lo que se está preparando? –le asaltó Estefanía.

—Los árabes han convocado una manifestación masiva, se están agrupando, y esta vez va en serio. Como siempre, lo de Amina no va a ser más que una excusa. Lo malo es que ya hay algunos dispuestos a todo para reventar esa manifestación.

—¿Cómo lo sabes?

—Mi primo Mariano va a estar entre lo que ellos llaman "fuerzas de choque".

Un perfecto eufemismo.

—Oh, no –lo lamentó ella.

—¿Qué te crees, que no hay un pirado facha en todas las familias? ¡Vamos, sube, hay que contarle a Amina lo que está pasando! ¡Ahora ella es la clave!

Estefanía acabó de colocarse el casco y se subió a la grupa. Jonathan puso la máquina en marcha y el primer trompeteo del motor expandió sus poco armónicos acordes a su alrededor. Cuando se sujetó a él y quedó afianzada, salieron disparados a una velocidad poco recomendable. Nunca había tenido tantas ganas de llegar a su casa.

Enfilaron el camino más corto, atravesando parte del pueblo por el lado que daba a las urbanizaciones del este. Pronto se dieron cuenta de dos cosas singulares dada la hora: apenas si había tráfico y la presencia de dos coches de la guardia urbana local, estratégicamente colocados. Jonathan aflojó la marcha por si le detenían, aunque por primera vez ni se fijaron en él.

10 **el aliento** aire que se respira – 19 **una fuerza de choque** *aquí:* que atacan a los manifestantes – 22 **un facha** *despect fam* fascista – 28 **afianzado** segura, sin poder caerse – 32 **dar a** en dirección a – 33 **dado + SUBS** por + sustantivo (*indica la razón de uc*) – 35 **aflojar la marcha** reducir la velocidad

En el primer semáforo en el que se detuvieron, volvió la cabeza para gritarle a ella:

—¡Esto no me gusta nada!

Estefanía no le contestó. Sentía una mezcla de angustia y ansiedad.

La moto volvió a atronar el aire al ponerse en verde el semáforo. Ya no pudieron ir muy lejos por allí. Fue en la siguiente esquina cuando vieron aparecer a dos docenas de hombres, la mayoría muy jóvenes, dieciocho o diecinueve años hasta veintitantos, con pañuelos que les tapaban la cara y algún que otro palo o bate de béisbol en las manos.

Lo peor eran sus consignas y sus cantos.

—¡Moros fuera!

—¡La legión, la legión, y el moro al paredón!

—¡P'al puto estrecho el moraca está hecho!

Jonathan no supo qué hacer.

—¡Da la vuelta! –le suplicó Estefanía.

No tuvo más remedio que hacerlo. Si se metían en medio de aquella locura, podía ser peor. La moto dio un giro de trescientos sesenta grados y buscaron una alternativa, aunque fuese en dirección contraria. Ya no importaba nada una multa, si es que las fuerzas del orden estaban para eso en un momento como aquel. El siguiente semáforo se lo saltaron y la velocidad aumentó.

Una década antes, los últimos enfrentamientos se habían saldado con casi cien heridos, cinco de ellos graves, casas de emigrantes quemadas, barricadas, disturbios, prensa, radio y televisión buscando por entre el miedo y la frustración, políticos llenándose la boca con falsas promesas, la sensación de holocausto generalizado y la vergüenza del "día después" con la lacra de estar en boca de todo el país y parte del extranjero.

La historia estaba hecha para ser repetida por los inconscientes.

Iban a matarse entre sí.

1 **un semáforo** señal de tráfico con tres luces de colores – 11 **un palo** trozo de madera largo y con forma redonda – 11 **un bate** palo para jugar al béisbol – 12 **una consigna** frases o palabras que grita un grupo – 14 **un paredón** muro o pared donde se hacen *fusilamientos* (Erschießung) – 15 **puto** *despect* mierda – 15 **el estrecho** Estrecho de Gibraltar – 15 **un moraca** *despect* árabe – 19 **dar un giro** girar – 22 **una multa** dinero que se paga por no cumplir una norma – 22 **las fuerzas del orden** la policía o la guardia civil – 23 **saltarse** *un semáforo* no detenerse – 26 **saldarse** uc terminar uc – 31 **estar en boca de** *loc* que todo el mundo habla de up o uc

Y Amina sería la excusa.

El camino parecía finalmente expedito. Jonathan apretó aún más.

Hasta que a lo lejos vio el coche de los antidisturbios, y un poco más allá, la cabeza de la manifestación árabe. Entre uno y otra se movían los primeros fotógrafos y cámaras de televisión.

La revolución iba a ser televisada, como decía la canción.

Jonathan aflojó antes de que un hombre uniformado le diera el alto y se le parara delante.

—¡Hemos de pasar! –le dijo–. ¡Vivimos al otro lado!

—¡Por aquí no! –el oficial fue tajante–. ¡Dad media vuelta e intentadlo por otra parte!

—¡No hay ninguna otra parte! –se desesperó él–. ¡Esto es un pueblo! ¡Para ir a casa solo tenemos esta ruta!

—¡Pues habréis de esperar! ¡Largo, chicos!

—¡Oiga, no puede...!

Fue determinante. Primero se llevó una mano al cinto, como si fuera a sacar un arma o la porra. Después hizo una seña a dos de sus hombres, que empezaron a avanzar hacia ellos. Lo peor, de todas formas, fue su rostro, los ojos empequeñecidos, el gesto desabrido, el rictus endurecido.

—¡Vámonos, Jonathan; no conseguiremos nada si nos detienen! –le suplicó Estefanía.

A lo lejos, la manifestación magrebí avanzaba despacio, en silencio, llevando pancartas ilegibles desde su posición.

En menos de cinco o diez minutos, el enfrentamiento sería inevitable.

Desesperados contra radicales. Jonathan volvió a dar media vuelta. La única alternativa que les quedaba era ir campo a través, por la montaña, aunque en ello empleasen un mínimo de diez o quince minutos.

2 **expedito** libre – 2 **apretar** *aquí:* ir más rápido – 4 **los antidisturbios** policía especial para mantener el orden público – 8 **aflojar** *aquí:* reducir la velocidad – 8 **dar el alto** *loc* levantar la mano para indicar a up que se pare – 15 **largarse** *fam* irse, marcharse – 17 **el cinto** Gürtel – 18 **una porra** palo utilizado por la policía – 21 **un rictus** gesto de la cara – 21 **endurecido** → duro – 25 **una pancarta** un cartel grande con información

25 Jueves por la tarde

Amina comprobó la hora y luego se acercó al ventanuco del desván para atisbar la calle.

Ni un alma visible.

El silencio más absoluto en la urbanización entera.

Estefanía no había ido a comer, y ahora tardaba un poco en regresar de las clases de la tarde. Eso equivalía a mucha soledad, mucho tiempo para pensar, reflexionar, leer aquellas cartas y escribir.

Finalmente, había escrito.

Sobre todo, después de leer la última carta de Javier Vidal.

La de su regreso.

De pronto, ella misma lo había comprendido todo. Era como si aquella carta la hubiese despertado, enfrentándola a sus miedos. La carta de un desesperado aferrado a la esperanza final.

La esperanza que, a fin de cuentas, le había dado la clave de todo su maravilloso futuro.

—Estefanía, ven pronto… –suplicó.

Quería verla, hablar con ella, decirle que ya no podía más y pedirle la última ayuda.

Aunque aún no estaba muy segura de cuál pudiera ser la mejor ayuda.

Ni si valía la pena involucrar más a su amiga después de lo que ya había hecho por ella ocultándola durante esos días.

Amina dejó lo que había escrito en la cama, sobre la almohada, en el lugar más visible; después regresó a la cómoda para guardar las cartas y cerrar el cajón.

Aun así, quiso despedirse de Javier y de Catalina leyendo una vez más aquellas líneas tan decisivas.

Lo que Javier Vidal le escribió a Catalina Prats antes de ser puesto en libertad para que pudiera regresar a su casa:

Querido amor:

Se acabó. ¿Puedes creerlo? Se acabó. Llevo algunas horas conmocionado por la sorpresa, deseando escribirte sin saber muy bien qué decir ni cómo decirlo. Cada vez que cogía el lápiz me echaba a temblar y a llorar. Amor mío, ¿cómo decirte que

15 **aferrado** que se mantiene en una idea fuertemente – 24 **valer la pena** ser útil o interesante hacer uc – 24 **involucrar** hacer participar a up en uc – 31 **ser puesto en libertad** dejar libre – 35 **conmocionado** impresionado y emocionado

regreso a casa, que esta es mi última carta desde este encierro? ¿Cómo pedirte perdón por estos años de amargura? Sí, perdón. Es como si ahora supiera que tenía que haberte dado la libertad desde el primer día. Tu amor ha sido lo que me ha mantenido con vida estos años, pero el precio ha sido tu propia cárcel. Ahora entiendo que has sufrido la mía tanto como yo, y la tuya mucho más que yo mismo, porque en mi egoísmo solo me preocupaba mantenerme con vida sin querer ver que tú estabas manteniéndote al límite de tus fuerzas.

Cariño, hoy me lo han dicho: estoy libre. No es algo inminente, pero en cuestión de unos días, una semana, diez días a lo sumo, volveré a ser un hombre libre, y correré hacia ti para saber de verdad que todo este horror ha terminado. Deberé acostumbrarme de nuevo a tus ojos, tu sonrisa, tus manos, tus besos. Y tú deberás acostumbrarte a cuanto en mí haya cambiado en estos largos años. Todo será nuevo y hermoso. Todo nos conducirá a la libertad de nuestro amor. Cuando nos separamos éramos dos adolescentes llenos de promesas que luego nos arrebataron. Hoy somos un hombre y una mujer llenos de cicatrices que deberemos curar. Seremos el mejor de los remedios el uno para el otro.

Pero ¿de qué estoy hablando? Debería gritar, llorar, agradecer la suerte de estar vivo frente a la desgracia de tantos compañeros muertos. Debería hacer que estas palabras llegasen a ti sin necesidad de un sobre y un sello. ¿No escuchas mi corazón? Late tan fuerte que resuena en toda la tierra. Amor mío, es nuestro momento, por fin ha llegado. Es la hora del todo después de esta nada en la que solo nuestras cartas nos han mantenido con vida. Deseo casarme contigo cuanto antes, y formar esa familia que tanto anhelamos. Deseo compartir la nueva semilla del amor que desde ahora mismo está creciendo en mí igual que el más recio y firme de los árboles, cuyas raíces profundas jamás serán arrancadas de la faz de la tierra.

Hoy, mi último poema es mi canto de felicidad, mi risa. Hoy, tu último deseo está cerca. Cuando dentro de unos días oigas llamar a tu puerta y al abrirla te encuentres conmigo, sé que no habrá palabras suficientes, y puede que no sean necesarias. Nos abrazaremos, nos besaremos, nos acariciaremos y recuperaremos

2 **la amargura** pena – 10 **inminente** rápido – 11 **en cuestión de** *fam* dentro del tiempo citado – 11 **a lo sumo** *loc* como máximo – 19 **arrebatar** quitar uc a up – 20 **una cicatriz** *aquí:* marca que deja el sufrimiento intenso – 20 **curar** volver a tener salud después de una enfermedad – 21 **un remedio** medicina – 30 **anhelar** echar de menos – 30 **una semilla** Samen – 33 **arrancar** sacar uc con violencia – 33 **la faz** la cara

el olor, el sabor, la sensación, el tacto, la raíz de todo aquello que nos hizo uno hace tantos años. En ese instante quiero que sepas que desearé que el tiempo se detenga eternamente. Pero en el siguiente, cuando después de otro beso, y de otro, y de otro más, rompamos el silencio, lo primero que te diré es que te quiero, te quiero, te quiero más que a mi vida y más que a nada de este mundo.

Y nunca, nunca me separaré de ti. Hasta la muerte.

Te quiero, Catalina.

¿Cuántas veces te lo he dicho: una, mil, cien mil veces? Pues no bastan.

Te quiero.

La vida ha vuelto a nacer.

Javier

Amina dobló la hoja de papel, la introdujo en su sobre, colocó el sobre en el montoncito y después lo ató con la cinta. Sus movimientos eran lentos, meticulosos, y estaban revestidos de una extraña paz.

Se daba cuenta de que en cuatro días había crecido y madurado cuatro años.

Guardó el montón de cartas en el cajón, y lo cerró empujándolo hasta parecer que allí el tiempo seguía detenido. Cuando se puso en pie, no regresó a la cama, sino que fue a la trampilla que daba acceso a la casa. Sabía que no había nadie, que estaba sola. Aun así, agudizó el oído por si hubiera llegado alguien en aquellos minutos sin que se diera cuenta.

Descendió la escalera poco a poco, despacio, peldaño a peldaño, con la respiración contenida.

No se detuvo en la planta intermedia, aunque se asomó a la habitación de Estefanía. Le gustaba. Era un lugar cálido y lleno de cosas de las que ella carecía: el reproductor de compactos, el ordenador, los pósters de cantantes con poses *sexys,* los torsos desnudos y la provocación… Ella compartía una habitación minúscula con sus hermanas, y la ausencia de detalles como los que atiborraban el espacio en el que moraba su amiga formaban parte del pragmatismo en que se movía su vida.

1 **el tacto** acción de tocar – 17 **revestido** tener uc una característica – 20 **madurar** tener ideas más razonadas y claras – 27 **descender** bajar – 27 **un peldaño** parte de una escalera en la que se pone el pie para subir o bajar – 31 **carecer de uc** no tener uc – 32 **una pose** posición, postura – 32 **un torso** pecho – 34 **minúsculo** muy pequeño – 35 **atiborrar** llenar – 35 **morar** vivir, habitar

Y seguía sin envidiarlo, aunque, por desconocido, la novedad la podía, la fascinaba.

Fue a la planta baja y se orientó por la casa en busca de lo que necesitaba. Lo encontró en la sala, sobre una mesita llena de fotografías de Estefanía, sus padres y su hermano, amén de algunas otras con sus abuelos, según dedujo por la edad.

Descolgó el auricular del teléfono y marcó el número de su casa.

Contuvo la respiración.

Al otro lado, alguien descolgó en menos de dos segundos, cuando aún el primer zumbido debía de estar esparciendo sus ecos por el lugar. Tenían teléfono desde hacía relativamente poco, pero ahora lo agradecía.

Aunque todo su valor empezó a esfumarse cuando escuchó la primera voz conocida, la de su hermano Tariq.

—Soy yo, Amina –le dijo.

—Espera –la detuvo él.

Cerró los ojos. La siguiente voz fue la de su madre.

—¡Amina!

—Madre...

—¿Estás bien? ¿Dónde...?

El último átomo de sus fuerzas se quebró con la primera lágrima de ella.

Amina se ahogó en su propio intento de decirle que estaba bien, que se calmara, que no pasaba nada, que tenían que hablar, que...

Demasiado.

Alguien peor le tomó el relevo a su madre.

Su padre.

—¡Amina!

Muda, corazón paralizado, mente en blanco.

Volvía a tener quince años, y a ser su hija. Comenzó a llorar.

Hasta que desde el otro lado del hilo telefónico le llegaron otras lágrimas.

—Por favor, hija. Vuelve...

Nunca había visto llorar a su padre.

Amina colgó el teléfono sin decir nada.

1 **envidiar** sentir envidia – 5 **amén de** *loc* además de – 10 **descolgar** *el teléfono* ≠ colgar – 11 **un zumbido** sonido continuo y desagradable – 14 **esfumarse** *fam* desaparecer

26 Jueves por la tarde

Aquella frase le martilleaba la mente.

«Amina se ha escapado de su casa porque sus padres iban a obligarla a regresar a Marruecos para casarla allí con un hombre mayor.»

La única respuesta con sentido.

La más que posible verdad.

Tan sencilla como…

Lucía Cortázar soltó un bufido de aire, movió la cabeza horizontalmente un par de veces y se increpó a sí misma.

—Idiota.

Ya tenía claro quién lo había escrito, qué mano inocente y qué mente atormentada estaba gritándole desde aquella frase que ahora se convertía en una petición de auxilio, inconsciente, no premeditada, pero real.

Estefanía Vidal.

Una de las amigas de Amina. Quizás la que mejor se llevaba con ella en la clase.

«Amina se ha escapado de su casa porque sus padres iban a obligarla a regresar a Marruecos para casarla allí con un hombre mayor.»

Alargó el brazo y cogió el listín telefónico. Cuando encontró el número de la casa de los Vidal, lo marcó en su móvil, su único teléfono ya que prescindía del fijo en casa, y aguardó a que diera la señal.

Al otro lado, alguien estaba comunicando.

Cortó la llamada y buscó en su bolso la tarjeta que Jacinto Gonzalvo le había dado el miércoles por la mañana. Marcó el número impreso en ella y esperó una respuesta que, al otro lado, alguien se empeñó en retrasar.

—Jefatura de Policía…

—Con el inspector Gonzalvo, por favor.

—Un momento.

Nueva espera. Larga. Si la estuviesen asesinando, el criminal habría tenido tiempo de cortarla en rodajas, empaquetarla,

10 **increpar** echar la bronca – 12 **inocente** ≠ culpable – 13 **atormentado** intranquilo, angustiado – 14 **auxilio** ayuda – 15 **no premeditado** sin pensar – 17 **llevarse con up** entenderse con up – 22 **listín telefónico** *Esp* libro con los números de teléfono de una ciudad – 24 **prescindir** no necesitar uc – 24 *teléfono* **fijo** Festnetz – 26 **comunicar** *el teléfono Esp* la línea está ocupada – 27 **cortar** *la llamada* colgar – 30 **retrasar uc** hacer que uc pase más tarde – 35 **cortar en rodajas** in Scheiben schneiden – 35 **empaquetar** meter en un paquete

limpiar las huellas y llevársela para esparcir sus pedazos por media España. Mucho después apareció en la línea otra vez, ahora femenina.

—¿Sí, dígame?

—¿El inspector Gonzalvo, por favor?

—¿Quién le llama?

—Lucía Cortázar, ya me conoce.

—No se encuentra aquí en estos momentos. Si puedo servirle de ayuda…

—Es urgente. ¿Puede decirle que me llame?

—Claro. ¿Sabe su número?

—No.

Se lo dio, paciente. No creía que un inspector tuviese una secretaria; pero tampoco sabía muy bien cómo funcionaba la policía en el país. Se hacían pocas películas de policías españoles, que además eran gritones y sudaban, mientras que las americanas tenían a policías guapos y…

Cuando las cosas se le escapaban del control, divagaba, por puro miedo o ansiedad.

—¿Puede decirme el motivo de la urgencia?

—Dígale que es sobre el caso de Amina El Hachmi –puntualizó, aunque no fuese necesario.

—El inspector Gonzalvo la llamará en cuanto le sea posible. Trataré de localizarle.

—Gracias –se relajó.

Cortó la línea y se quedó mirando el móvil otra media docena de segundos, hasta que marcó por segunda vez el de Estefanía Vidal. La duda sería en el caso de que su alumna no estuviese en casa. ¿Valía la pena hablar con sus padres?

Prefirió esperar.

Al otro lado, la señal ya no fue de comunicación, sino que el timbre sonó varias veces sin que nadie respondiera.

Antes de llamar al inspector comunicaba, y ahora…

Apretó la teclita de *stop* y repitió la marca, sin darle siquiera al dígito de repetición de llamada por si se había equivocado.

De nuevo lo mismo. No había nadie en casa.

Esta vez, cuando presionó el stop, sonó su propia música de llamada.

1 **esparcir** echar uc por todas partes – 1 **un pedazo** trozo – 13 **paciente** → la paciencia – 16 **sudar** líquido que expulsa el cuerpo – 18 **divagar** pensar de forma desordenada – 34 **una teclita** *dim* tecla Taste – 34 **siquiera** fórmula para intensificar la negación

De tan metida como estaba en sus pensamientos, se sobresaltó.

—¿Diga?

—¿Lucía?

—Sí, Matilde.

—¿Estás bien?

—¿Por qué? ¿Qué pasa?

—¿Dónde estás?

—En mi casa –y repitió la pregunta al notar la alarma en la voz de la directora del instituto–. ¿Qué pasa?

—Hay una batalla campal en el pueblo, y va en serio –refirió con angustia la mujer–. Lo de ayer solo fueron los primeros escarceos. Se ha complicado todo. Como tú a veces sales tarde, quería avisarte.

—Hoy he regresado temprano a casa –se llevó una mano a la cabeza, como si de pronto le pesara una tonelada–. ¿Tan grave es?

—Me parece que sí. Oigo sirenas y gritos... Ya sabes que vivo cerca de la plaza y que siempre les da por protestar aquí. He oído decir que la manifestación de los magrebíes es muy numerosa, y que desde la ciudad han llegado varios de esos que andan buscando pelea como y donde sea.

—¿Cabezas rapadas?

—Tanto da como se llamen y que tengan pelo o no. Lo que importa es lo que tienen dentro. Dios... Estoy oyendo disparos...

—Pueden ser balas de goma, para dispersar.

—¡Ay, Dios! –el tono de la directora fue crepuscular–. Esto no hay quien lo arregle; vamos a estar igual cada dos por tres. Y cuanto más tiempo pase, peor será.

—Irá a peor mientras no comprendamos que esto no es un problema sin solución o que nos ha caído sin más, sino que el problema lo creamos nosotros por no ser consecuentes con la realidad. Mientras no les demos una vida digna a los inmigrantes, legalicemos los papeles de los que ya están aquí,

1 **estar metido en** *aquí:* estar muy concentrado en uc – 11 **una batalla campal** *fam* pelea entre personas – 11 **referir** narrar, contar – 13 **un escarceo** prueba antes de hacer uc – 19 **dar a up por uc** tener la costumbre de hacer uc – 23 **un cabeza rapada** joven de ideas radicales y racistas que lleva el pelo muy corto – 27 **una bala** proyectil que sale de un revólver – 27 **la goma** Gummi – 29 **arreglar** solucionar un problema – 29 **cada dos por tres** *fam* todo el tiempo – 32 **caer** *aquí:* aparecer uc de pronto

hagamos casas y no pensemos que tienen la culpa de todo lo malo que pasa…

—¿Y esa niña? ¿Te imaginas que esté muerta?

—Tengo una vaga sospecha de lo que le ha sucedido, Matilde, y en tal caso te aseguro que está bien.

—¿En serio? –la voz de la mujer fue de sorpresa.

—Estoy en ello. Ya te diré algo.

—¿Entonces ha sido una chiquillada?

—Yo no diría tanto, porque si es lo que pienso, el tema es grave. Pero si fuera así, Amina sería la menos responsable de todo este lío, que conste.

—¿No puedes…?

—Ahora no, lo siento. Y he de dejarte para seguir llamando.

—¡Oh, Dios!

Pudo escuchar algo más que su susto. Pudo escuchar el estallido a través del teléfono y también por sí misma, a lo lejos, proveniente de algún lugar del pueblo.

Lo peor ya estaba sucediendo.

—Tranquila, Matilde –empezó a despedirse Lucía.

—No, no lo estoy –fue sincera ella.

—Te veo mañana.

Cortó y, sin moverse de donde estaba, marcó por tercera vez el número de Estefanía Vidal.

4 **vago** *aquí:* ligero, superficial – 7 **estar en** *aquí:* trabajar en uc – 11 **que conste** *loc* que quede claro – 17 **provenir** venir de

27 Jueves por la tarde

Cuando la moto de Jonathan volvió a deslizarse sobre el asfalto, la amplia vuelta dada por el monte hasta la zona de las urbanizaciones los había llevado exactamente doce minutos.

El muchacho apretó el gas a fondo.

Por primera vez en todo aquel tiempo, desde que a veces llevaba a Estefanía de paquete, corría a toda mecha y no era capaz de sentirla abrazada a él, apretándole con fuerza, estrechándole con sus manos. De lo único que era consciente era de lo que había visto en el pueblo: primero, los radicales de un bando, y después, los manifestantes del otro, con las llamadas fuerzas del orden en medio. Y consciente aún más de lo que había sentido en su alma.

Odiaba la violencia.

No la comprendía.

La vida estaba hecha para el amor.

Aunque nunca había estado más cerca de Estefanía que en aquella crisis.

La casa de su compañera apareció a lo lejos, detrás de la recta por la que ya enfilaba apurando los segundos finales de su carrera y quemando la ansiedad que los llevaba en volandas. Estefanía también se movió por detrás de él, aflojando la presión.

Retuvo sus manos con una de las suyas, para evitar que se soltara.

Las presionó.

Pero también fue una caricia.

Cuando la moto frenó delante de la cancela de la villa y se quitaron los cascos, escucharon los lejanos estallidos de algo que parecía ser en parte unos petardos y en parte unas explosiones. Les bastó intercambiarse una mirada de inquietud para echar a correr hacia la casa.

Estefanía la abrió con su llave.

—¿Hay alguien? –fue lo primero que gritó al precipitarse dentro.

3 **dado por** hecho – 7 **llevar a up de paquete** *Esp en la moto fam* llevar en la parte de atrás – 7 **a toda mecha** *Esp fam* muy rápido – 9 **estrechar a up** abrazar – 11 **un bando** grupo – 20 **enfilar** dirigirse hacia un lugar – 20 **apurar** aprovechar – 21 **una carrera** acción de correr – 21 **en volandas** *loc* casi volando, por el aire – 22 **aflojar** coger uc con menos fuerza – 24 **retener** mantener uc – 25 **soltarse uc** quedar uc libre – 28 **una cancela** Gitter an Haustüren – 30 **un petardo** Feuerwerk – 31 **intercambiarse** cambiar uc con up

No hubo ninguna respuesta.

—¡No están! –se alegró la chica– ¡Mejor, vamos!

Subieron el primer tramo de las escaleras que conducían al piso superior saltando los peldaños de dos en dos. Cuando lo alcanzaron, Estefanía empezó a llamar a su huésped.

—¡Amina! ¡Amina, somos nosotros!

Llegaron al desván y corrieron la trampilla.

Esperaban encontrarse a la chica marroquí, alertada por sus voces, pero lo único que vieron fue aquel vacío, de pronto sobrecogedor.

—¡Amina, sal! –dijo Estefanía.

El silencio los acabó de alarmar.

—¡Oh, no! –gimió la dueña de la casa.

—¿Se ha ido? –no pudo creerlo Jonathan.

—¡Amina!

No fue necesario buscarla. Tampoco se acercaron a la cama donde esperaba lo que ella había dejado escrito, así que no lo vieron. Fueron incapaces de reaccionar ante la suma de fatalidades.

Otra queda explosión procedente del pueblo les hizo estremecerse.

—¿Qué vamos a hacer ahora? –preguntó Jonathan.

Estefanía se dejó caer sobre los escalones del acceso al desván, incapaz de sostenerse. La realidad se abría paso por su razón, y no le gustaba. Miró a su amigo y le agradeció con toda el alma que estuviese allí, aunque no se lo dijo de viva voz. Tuvo incluso deseos de abrazarlo y deshacerse en sus brazos, así que optó por no dejarse arrastrar por sus emociones.

No era el momento de echarse a llorar.

Aunque a lo mejor sí lo era para aquel abrazo.

Sus pensamientos se borraron de un plumazo cuando sonó el teléfono.

—¡Amina! –dijo Jonathan.

—O Berta –apuntó Estefanía.

Volvieron a descender los dos tramos de escaleras a la mayor velocidad que sus piernas les permitieron para no hacerse un lío y caer, sobre todo en el que iba del segundo piso al desván. Ella iba delante y Jonathan la seguía a menos de un suspiro.

3 **un tramo** parte – 10 **sobrecogedor** que produce una fuerte impresión – 20 **quedo** que hace poco ruido – 23 **un escalón** peldaño (Stufe) – 24 **abrirse paso por** *fig* progresar, avanzar – 26 **de viva voz** de forma oral – 28 **dejarse arrastrar** *fig* dejarse influenciar por uc – 38 **a menos de un suspiro** muy cerca

Una vez en la sala, Estefanía descolgó el auricular al quinto timbrazo.

Entonces comprendió que si la que llamaba era Berta, lo hubiese hecho directamente a su móvil.

—¿Sí? –atemperó lo que pudo su aceleración.

—¡Estefanía, gracias a Dios!

—¿Señorita Cortázar? –miró a Jonathan con el ceño fruncido.

—Escucha, Estefanía –la voz de la profesora de lengua y literatura cortaba como una cuchilla, y no por parecer enfadada, sino por la tensión que la aceraba–. ¿Sabes lo que está pasando en el pueblo ahora mismo?

—Sí.

Jonathan pegó su oído al de ella para escuchar el diálogo. Estefanía compartió con él el auricular. La voz de Lucía Cortázar siguió sonando igual que un flagelo.

—Entonces ya debes estar comprendiendo que esto no es un juego, ¿verdad?

—¿Qué quiere decir? –se alarmó la chica.

—Amina iba a ser enviada a su casa de Marruecos para casarse por medio de un matrimonio concertado, ¿no es así?

Estefanía miró a Jonathan. Sus respiraciones se enlazaban y entrecortaban la una a la otra debido a aquella proximidad. Nunca habían estado tan cerca.

Sintió cómo él le pasaba un brazo por encima de los hombros y le presionaba el del otro extremo.

Un aliento.

Una caricia.

—Estefanía, por favor… –se impacientó su profesora.

—Sí –dijo ella.

—De acuerdo. Dime dónde está.

—No lo sé.

—¡Estefanía, por Dios! ¡Ahora mismo puede que alguien esté muriendo en…!

—¡No lo sé! Vino a mi casa el domingo por la noche, me pidió ayuda, que la dejara quedarse en mi desván, y eso fue todo. Hoy, al saber lo que sucedía, he venido lo más rápido que he podido para avisarla y pedirle que saliera…, pero ya no estaba.

2 **un timbrazo** *aum* timbre – 11 **acerar** *fig* hacer uc más fuerte – 14 **pegar uc a otra** acercar (→ cerca) – 16 **un flagelo** dolor – 22 **enlazar** unir – 23 **entrecortar** sonar de forma intermitente – 29 **impacientarse** tener prisa por hacer o saber uc – 38 **avisarla** avisarle *(uso incorrecto de* la *en vez de* le*)*

¡Se ha ido! He llegado hará cosa de dos minutos. ¡No sé adonde puede haber ido!

—¿Hay alguien más en tu casa?

—No, ¿por qué?

—Porque te he estado llamando hace cinco minutos y comunicaba.

—¡Entonces era ella!

—¿Crees que ha podido volver con sus padres?

—Ni idea –reconoció Estefanía, y comprendiendo que era la hora de la verdad y de reconocer responsabilidades, estalló–: ¡Yo solo quería ayudarla! ¡Soy su amiga! ¡No era justo que se la llevasen…!

—Lo sé, cálmate –dijo Lucía Cortázar.

—¡Ha de entenderlo, por favor!

—Te repito que lo sé –insistió su profesora–. Estoy de tu parte, descuida. Tú has hecho lo que se esperaba de ti, de una amiga y de alguien con tu corazón. El problema ahora es otro.

—¿Lo dice… en serio? –balbuceó Estefanía.

—Claro que lo digo en serio, cariño. Lo importante ahora es intentar dar con ella. Lo que está sucediendo ya no va a impedirlo nadie, porque se han vuelto locos todos. Pero queda el mañana. Y mañana esto ha de estar zanjado.

—¿Qué va a hacer?

—Llamar a la policía e ir a ver a los padres de Amina para poner las cartas sobre la mesa. A partir de ahí…

—Señorita Cortázar…

–¿Qué?

—Iban a casarla a la fuerza, ¿comprende? –se lo recordó–. A la fuerza y con un hombre mayor. Nunca hubiera regresado a España, ni habría estudiado.

—Vamos a luchar por ella, ¿de acuerdo?

—Sí, señorita.

—Apúntate mi móvil, por si Amina volviera a ponerse en contacto contigo.

—Gracias.

Tomó nota en el bloc habilitado para este fin y que siempre estaba al lado del teléfono. Cuando terminó, se enfrentó a la nueva y más curiosa pregunta de su profesora:

—¿Estás sola?

16 **descuida** en imperativo para tranquilizar a up que tiene un problema – 20 **dar con up** encontrar a up – 22 **zanjar** *un problema* resolver, solucionar – 25 **poner las cartas sobre la mesa** *loc* aclarar uc

Estefanía volvió a mirar a Jonathan, aunque, al estar casi pegados, fue como si se absorbieran.

A veces era como si los mayores tuvieran un radar, o algo extraño en sus antenas.

—No, no lo estoy –reconoció.

—¿Es Berta Amorós?

—No.

—De acuerdo –concedió la señorita Cortázar–. Me alegro de que no pases todo esto sola. Hasta mañana.

Por su tono, los dos habrían jurado que se sentía realmente más aliviada.

—Hasta… mañana –se despidió Estefanía igual que si despertara de un sueño.

2 **estar pegado** estar junto a uc o up

28 Jueves por la tarde

Lucía Cortázar cortó la comunicación con un primer atisbo de esperanza, el primero después de la tensión de las últimas horas.

Las piezas empezaban a encajar.

Se imaginó el sufrimiento de Amina.

Se imaginó el doloroso silencio de Estefanía.

Dos adolescentes solas, perdidas frente a un cataclismo, porque para Amina El Hachmi aquello era un cataclismo, el final de todos sus sueños.

Se dispuso a marcharse para tratar de llegar como fuera a casa de los padres de su alumna. Prefería ir en persona a llamar por teléfono. Antes, y por si acaso, puso la televisión, por si a alguna cadena se le ocurriese dar en directo "la guerra de San Marcial de la Roca". Cosas más extravagantes aparecían por la pequeña pantalla, unas veces como flechas envenenadas para sacudir la conciencia de la gente y otras a modo de anestésico para unificar la mente de la inmensa mayoría.

Cambió de un canal a otro, pero no encontró nada.

Y aún faltaba demasiado para los informativos de la noche.

Apagó el televisor y se dirigió a la puerta de su piso. El timbre de su móvil la sorprendió en el recibidor, antes de que la abriera. Se detuvo, lo sacó del bolso y lo abrió sin más.

—¿Señorita Cortázar?

—Sí, inspector.

—Me han dicho que tenía información acerca de la niña árabe.

—Por lo menos he cerrado el círculo –suspiró.

—¿Ella está bien?

—Creo que sí. Sus padres querían casarla con un viejo de su pueblo y ella se negó de la única forma que pudo: escapándose. Ni siquiera es una chiquillada, sino un caso de defensa propia.

—¿Habla en serio?

—Totalmente. No es la primera vez que sucede.

—¿Tiene idea de dónde...?

2 **un atisbo** señal, muestra – 5 **encajar las piezas** *fig fam* tener uc sentido – 8 **un cataclismo** desastre – 16 **la pequeña pantalla** televisión – 16 **envenenado** uc mala para la salud o la moral (vergiftet) – 17 **sacudir** *aquí:* producir uc una reacción fuerte en up – 22 **un recibidor** entrada de la casa

—Amina ha estado escondida en casa de una de sus amigas –le informó–. Pero se ha ido de allí hace apenas unos minutos. Puede que haya oído el jaleo que se está montando.

—Me han hablado de disturbios.

—¿Disturbios? Esto es la guerra, inspector.

—¿Dónde está usted?

—En mi casa, pero me disponía a salir ahora mismo para ver a los padres de Amina, si es que consigo atravesar las barricadas –lo dijo sin acritud, con el peso de la triste realidad, antes de cambiar de tono para agregar–: ¿Por qué no se viene usted? Puede que le necesite.

—Es lo que iba a sugerirle. Le ruego que no haga esto sola.

—Es mi alumna.

—Ahora se trata de un delito –dijo Jacinto Gonzalvo–. La palabra es "intento de secuestro".

—Esa gente no es mala. A lo peor ni siquiera entenderán que lo que para ellos es normal en su tierra, aquí no pueden hacerlo.

—Lo sé, pero bien que callaron el motivo de que su hija se escapara. Por lo tanto, son conscientes de que transgreden nuestra ley. Esto es España y aquí un padre no está capacitado para hacerle esto a su hija.

—Pueden quitársela.

—En efecto.

—No creo que Amina quiera eso.

—No es fácil estar en medio cuando se trata de cuestiones religiosas, morales, familiares, tradiciones, costumbres... Pero esto es España y ya estamos en el siglo XXI. Usted me dijo que Amina era una de sus mejores alumnas.

—Vale la pena luchar por ella, se lo aseguro.

La respuesta del policía la sorprendió.

—¿Sabe? Me alegro de que todavía haya profesoras como usted.

Lo recibió como algo más que un halago. Le bañó la piel, la sedujo, la cubrió de pies a cabeza y, lo más importante, le impregnó la mente de fragancias casi olvidadas. Nadie agradecía ya nada a los profesores; al contrario, se los culpaba

3 **un jaleo** *fam* lío, ruido – 3 **montarse** *fam fig* producirse – 9 **contestar/decir uc con acritud** unwirsch antworten/sagen – 14 **un delito** acción ilegal que castiga la ley – 20 **transgredir** no cumplir la ley – 21 **no estar capacitado** no poder hacer uc – 34 **un halago** decir una palabra bonita a up – 35 **seducir uc** *aquí:* gustar – 36 **impregnar** *fig* llenar – 36 **una fragancia** olor agradable *aquí:* recuerdo

cada vez más de todo: del fracaso escolar, de la falta de autoridad, de…

—Gracias.

—No tardaré.

—¿Nos vemos allí? –reaccionó Lucía.

—No –fue conminante Jacinto Gonzalvo–, usted no se mueva de su casa. Deme las señas y yo pasaré a recogerla en mi coche.

—Sé cuidarme sola.

—No lo dudo, pero ahora la calle es peligrosa. Y esto no admite discusión.

—Está bien –se resignó– Le espero.

—¿Sus señas?

Se las dio.

Varios minutos después de cortar la línea, todavía se estaba preguntando para qué le necesitaba, aunque en el fondo se alegraba de no tener que hacer aquello sola.

1 **el fracaso** ≠ éxito

29 Jueves por la noche

Estefanía todavía lloraba de tanto en tanto.

Lo hacía cada vez que pensaba en Amina, lo hacía cada vez que escuchaba un estallido en el pueblo, lo hacía al ver aquellas esporádicas nubes de humo que marcaban los puntos más calientes de la batalla, lo hacía al ver que ni sus padres ni su hermano estaban en casa, hasta que habló con ellos por teléfono y supo que estaban bien, aunque sin posibilidad momentánea de conectar con la única calle que conducía a la urbanización, cortada por los antidisturbios.

De lo único que se alegraba era de tener cerca a Jonathan.

Compartían el hueco de su ventana, cara a cara y con las piernas casi entrelazadas para aprovechar el espacio. Anochecía rápido, pero no encendieron la luz y ahora la penumbra incluso era agradable. Se rozaban sus rodillas, y a veces también sus manos, en un juego mitad infantil, mitad nervioso, que los empujaba y los serenaba a la vez.

El resplandor de un incendio apareció de pronto a lo lejos.

—¿Qué estará pasando? –se estremeció ella.

—Se han vuelto locos –admitió él.

—Si el primer día le hubiese contado esto a la señorita Cortázar…

—¿Crees que hubiera cambiado algo?

—Sí.

—Yo creo que no. Amina habría perdido la confianza en ti y entonces se habría marchado sin dejar rastro.

—Como ahora.

—Pero en estos días todos hemos aprendido algo. Hasta sus padres, seguro.

—Me gustaría verlo como tú.

—Estefanía, nada de lo que está sucediendo es culpa tuya, ni siquiera de Amina. Esos –señaló al pueblo– están esperando la más mínima para hacer lo que hacen: los inmigrantes, porque no tienen nada y se sienten maltratados, y los fachas de mierda, porque lo suyo es incordiar. Son los mismos que van al fútbol a todo menos a ver los partidos, y que al no tener nada aquí dentro –se tocó la frente–, vierten en su pobreza de

2 **de tanto en tanto** a veces – 5 **el humo** Rauch – 13 **entrelazado** junto, unido – 18 **un resplandor** luz fuerte – 18 **un incendio** Brand – 35 **incordiar** molestar – 37 **verter** *aquí:* expresar uc

espíritu e intelectual el odio que sienten contra el mundo en general y contra sí mismos.

—¿Tú nunca has pensado nada malo de los inmigrantes?

—Hace años, cuando era niño, sí –reconoció con valor–. Los veía distintos, extraños, y decían que odiaban a los católicos y todo eso. Solo me faltó ver un par de películas en las que eran los malos, como las americanas con los indios. Por suerte uno crece, aprende, lee, valora... Ahora me dan pena cuando veo la de pateras que se hunden llevándose sus sueños con ellos, o la de miseria que hay en África por culpa nuestra, porque el colonialismo les ha dejado una huella de la que no pueden escapar con facilidad. Si ahora África nos echa su mierda encima, como dicen algunos, es porque se trata de la misma mierda que dejaron antes los europeos, o sus derivados, que son lo mismo. Yo ya no pienso nada malo de ellos, aunque entiendo que es un problema difícil de solucionar. Siempre habrá bestias de esos –volvió a señalar los disturbios del pueblo–, y seguirá existiendo esa desconfianza que generan las creencias. Todas las religiones hablan de amor, pero ninguna lo practica.

—Hoy, en clase, la profesora Cortázar nos ha hecho unas preguntas acerca de los inmigrantes: qué pensamos de ellos, cómo los vemos, y luego nos ha leído los resultados. Yo creo que ha sido muy triste.

—¿Has ido alguna vez por donde viven?

—No.

—Yo sí. Amina tiene una casa porque su padre lleva años aquí, pero los demás...

—El pez que se muerde la cola –suspiró Estefanía–. Sin un trabajo digno y una legalidad, no tienen forma de afincarse y prosperar.

—La clave es el odio que tanta gente lleva dentro.

—¿Y de dónde les viene?

—De su incapacidad para ver a los demás.

Le gustaba oírle hablar. Lo hacía desde la serenidad. Su voz, en aquellos momentos, era un bálsamo para sus sentidos. No habría soportado estar sola.

—¿Así que hemos de culpar al sistema, como siempre?

8 **dar pena** sentir tristeza por uc – 9 **hundirse** irse uc al fondo del mar – 12 **echar la mierda encima** *vulg fig* pasar a up el problema que otro tiene – 14 **derivar** proceder de – 30 **afincarse** vivir permanentemente en un lugar

—El suyo les empuja a cruzar el estrecho por un sueño, y a la miseria y el desarraigo aquí, en este falso paraíso. El nuestro los esclaviza, no les da ninguna oportunidad, y saca de dentro de muchos al racista que llevamos dentro. Luego nos llenamos la boca con buenas palabras hasta que pasa esto –por tercera vez, miró a lo lejos.

—Jonathan.

—¿Qué?

—Me alegro de que estés aquí.

—Yo también –ahora miró la habitación de Estefanía con una sonrisa.

—No sabía que pensaras así –continuó ella.

—Nunca hemos hablado de eso.

—Pues deberíamos hablar más.

—Por mí, encantado –sonrió él.

No se lo pensó más. Dejó su sitio, el hueco de la pared en el que tenía apoyada su espalda, y se acercó a su compañero cambiando de posición. Jonathan se hizo a un lado para que ella se acomodara. Abrió los ojos aún más, sorprendido, cuando Estefanía se arrebujó protegida por su brazo para que la sujetara por la cintura.

Se quedaron así unos segundos.

Ella, comprendiendo.

Él, pensando que su corazón bombeaba con demasiada fuerza.

Estefanía incluso sonrió. Hacía dos o tres días que no pensaba en Ismael. Había dejado de existir.

Y era como si acabase de descubrir a Jonathan.

Levantó la cabeza para mirarle. Ya no había ningún teléfono por medio. Le vio de otra forma, distinta. Aún tenía la huella de sus últimas lágrimas en los ojos y las mejillas, y él se las quitó con un dedo.

La caricia fue definitiva.

Se miraron a los ojos, a los labios, de nuevo a los ojos.

Entonces se acercaron poco a poco, saboreando aquel instante mágico, y lo hicieron.

El primer roce.

La mutua rendición.

El segundo roce.

2 **el desarraigo** separar a up del lugar donde vive (Entwurzelung) – 19 **acomodarse** ponerse en un lugar – 20 **arrebujarse** cubrirse con uc – 21 **una cintura** talle – 24 **bombear** moverse, latir – 35 **saborear** *aquí:* disfrutar – 38 **mutuo** de uno y otro – 38 **una rendición** → rendirse (s. ergeben)

El contacto.

El beso que les hizo olvidarse de todo, hasta de sí mismos, porque dejaron de percibir otra cosa que no fuera aquel contacto tan dulce, y más aún apartarlos de la guerra que, por encima de ellos, había obrado el milagro de acercarlos a su paz.

3 **percibir** notar, darse cuenta – 5 **obrarse** *aquí:* hacer

30 Jueves por la noche

Lucía Cortázar comprobó la hora una vez más.

El inspector Gonzalvo tardaba demasiado, y se estaba poniendo nerviosa. Con la situación convertida en un polvorín, tal vez los minutos contasen, aunque… ¿acabarían los problemas por el simple hecho de decirles a los que se estaban enfrentando en las calles que Amina estaba sana y salva, y que se había ido de su casa por propia voluntad?

No, lo que pasara esa noche ya era inevitable.

Se sentía tan cansada como dispuesta a salir corriendo en cuanto el policía llegase. Se preguntaba cómo reaccionarían los padres de su alumna cuando les dijesen que sabían los verdaderos motivos de su escapada. ¿Con furia? ¿Con frustración? ¿Con arrepentimiento? Esa era una de las claves de las que dependía el futuro de Amina, porque, desde luego, lo importante era que ella no se marcharía a Marruecos para casarse. La ley española no lo admitiría.

No había terminado de leer los periódicos, con las primeras noticias de los enfrentamientos del día anterior. Parecía que había pasado hacía una eternidad, aunque ella se hubiese enterado por la mañana al comprarlos. Volvió a tomarlos para leer algunos de los artículos y editoriales, comentarios de expertos y análisis. Se entretuvo en uno cuyo titular rezaba: «Mundo árabe: de las *fatwas* al wahabismo islámico», debido a una frase entresacada del texto que decía: «Dale hambre a una persona y te devolverá violencia. Dale alas a un racista y te construirá un Auschwitz». Paseó sus ojos por algunos de los párrafos y leyó:

«…una *fatwa,* un edicto religioso, tanto puede incitar a la violencia, como arengar al pueblo sobre otras cosas. Ellas son parte del actual aislamiento religioso del mundo islámico. En las librerías de La Meca o Medina, los peregrinos pueden comprar un libro de más de mil páginas que viene a ser un "grandes éxitos" de las *fatwas.* En ese libro hay normas acerca

7 **sana y salva** *loc* fuera de peligro – 14 **el arrepentimiento** sentirse mal por (no) hacer uc – 22 **una editorial** empresa que publica libros, periódicos, vídeos, discos – 23 **entretenerse** *aquí*: mirar uc con atención – 23 **rezar** *aquí:* decir – 24 **una fatwa** norma religiosa en el islam – 24 **el wahabismo islámico** doctrina religiosa islámica radical muy estricta con las normas religiosas – 26 **dar alas a up** dejar a up que haga lo que quiera – 29 **incitar** provocar – 30 **arengar** entusiasmar con un discurso – 32 **Medina** ciudad *sagrada* (heilig) del Islam (en Arabia Saudita) – 33 **venir a ser** ser lo mismo o similar que

de cómo rehuir a los no musulmanes, no desearles felices vacaciones, no sonreírles ni darles siquiera los buenos días, no llamarles nunca "amigo" ni confraternizar. Hay una que dice textualmente que el musulmán que se vea obligado a residir en tierra extranjera, debe albergar odio hacia los infieles. En otra parte de ese arco integrista encontramos el wahabismo y su xenofobia radical, el mismo que dice que el islam prospera con la hostilidad hacia Occidente. La propia *yihad,* la guerra santa, es un dogma fundamental. Es más cosa de los feroces clérigos que se lo inducen a su pueblo y de los fanáticos que lo aceptan, pero es una realidad muy fuerte. Ellos tienen miedo a la contaminación, sobre todo a la cultural, es decir, la educativa. ¿Opción? El bloqueo total.

»Aquí la realidad es mucho más simple: tenemos a miles de inmigrantes que buscan una oportunidad, que encima necesitamos para sacar adelante este país, y que despiertan el habitual recelo racista de los intolerantes. La mayoría de la población española no tiene idea de lo que son las *fatwas,* ni de qué es la rama wahabí saudí. Lo único que sí les suena es lo de la guerra santa, y lo de los palestinos suicidas o lo del 11 de Septiembre. Para los estadounidenses, antes, los "malos" eran los comunistas; ahora es el mundo árabe en general, y eso no funciona así, no se puede generalizar. Encima está el miedo a la invasión de la inmigración, a que perdamos la identidad, las raíces. Es el egoísmo del "yo" y el "ahora". No sabemos qué cultura prevalecerá o dominará dentro de cien años, pero no vamos a impedir la evolución, es imposible. Siempre ha habido imperios, y han caído. Unos defienden la lengua; otros, un pedazo de tierra, y con cada frontera el mundo se empequeñece más y se genera más odio.»

—Prefiero el mestizaje lógico y natural en paz, que no tanto odio que jamás impedirá ese futuro –dijo en voz alta Lucía.

La parte final, un comentario "de autor", con la firma de un reputado columnista, decía:

«¿Cuándo no ha habido tensiones en el mundo? En España no sabíamos lo que era el racismo hasta que lo hemos tenido

1 **rehuir** evitar – 3 **confraternizar** ser amigo de up – 5 **albergar** *aquí:* sentir – 5 **un infiel** up que tiene otra religión – 8 **la hostilidad** odio – 8 **la guerra santa** guerra por causa religiosa – 9 **feroz** cruel, violento – 10 **inducir** enseñar – 12 **la contaminación** *aquí:* convertirse uc en impura – 16 **sacar adelante** avanzar con uc – 26 **prevalecer** existir – 27 **una evolución** desarrollo – 30 **empequeñecerse** hacerse uc más pequeña – 31 **un mestizaje** mezcla de diferentes culturas o razas – 34 **reputado** con buena fama

encima, y además se ha disparado en toda Europa debido a la inmigración. Viene gente que no sabe nada de nosotros, y reconozco que muchos ni se esfuerzan en saber. Pero nosotros, en nuestro castillo, tampoco hacemos el menor esfuerzo por entenderlos. Los sucesos de San Marcial de la Roca son una muestra más de lo que está siendo España ahora mismo, y no solo en ese pequeño pueblo, sino en todo el país.»

—Lo que hay es pobre gente que quiere trabajar y gentuza que no los quiere –Lucía cerró el periódico cansada–. ¡Gente que encima son tan inmigrantes o hijos de inmigrantes como ellos mismos!

Se alegró de que sonara el móvil y la hiciera reaccionar.

—Estoy en su calle. La espero –oyó la voz de Jacinto Gonzalvo.

Salió a escape y llegó al exterior en el momento en que el coche del policía se detenía en su puerta. Creía que vendría acompañado, pero no era así. Conducía el coche él mismo, sin ningún distintivo oficial, y se alegró de no tener que compartir aquel espacio con el consabido agente uniformado. La espera, de cualquier forma, había sido larga, demasiado larga. No le preguntó el motivo, ni él le dio explicación alguna. Solo detuvo el coche delante de la puerta de su casa y ella lo rodeó para entrar por la puerta del otro lado.

—Hola –la saludó.

—¿Cómo va todo?

—Hay cierta calma. Los antidisturbios han logrado separarlos y reconducir la situación, pero tal vez sea una larga noche. Ya veremos.

—¿Ha habido…?

—No, solo dos docenas de detenidos y varios heridos de mayor o menor consideración. Por lo menos es el último parte de guerra. ¿Nos vamos?

—Sí, yo le guío.

El coche empezó a rodar calle abajo. Lucía le mostró el primer desvío a la izquierda.

—¿Es muy lejos?

1 **dispararse** uc aumentar, crecer – 3 **esforzarse** →esfuerzo – 4 **un castillo** *aquí:* vida segura y cómoda – 8 **una gentuza** *despect* gente mala – 18 **un distintivo** marca, identificación – 19 **consabido** conocido – 27 **reconducir** uc controlar otra vez la situación – 31 **consideración** importancia – 31 **un parte** noticia – 34 **rodar** moverse – 35 **un desvío** carretera menos importante

—No, pero sí al otro lado de la zona de combate, y aquí tenemos muy malas combinaciones debido a la orografía del pueblo. Si se corta alguna calle…

—Puedo poner la sirena.

—No estaría mal, teniendo en cuenta las prisas. Ahora, a la derecha.

No había rastro de los disturbios, las calles estaban vacías, pero aquí y allá se notaba su paso por la zona en forma de contenedores atravesados en la calle, escaparates destrozados o pintadas racistas en las paredes. Solo en un recodo se toparon con un grupo de hombres uniformados y, cuando intentaron detener el coche, se encontraron con el suave ulular inicial de la sirena que accionó el inspector. No hizo falta más. Se apartaron y él continuó su ruta, a marcha moderada, sin hablar en los siguientes minutos, pendientes siempre de un posible entorno hostil.

—Ya estamos cerca –dijo Lucía alegrándose–. Es aquí mismo, un par de calles.

—Refrésqueme la memoria –le pidió él–. Lo que me ha contado por teléfono…

—Es lo que hay. Iban a mandar a Amina a Marruecos para obligarla a casarse con un viudo. Se escapó y se refugió en casa de una compañera, que la escondió sin que nadie lo supiera.

—¿Una chica de su clase?

—Sí, pero ni tocarla –le previno–. Ella hizo lo que debía. A estas edades se necesitan. Si se fallan unas a otras, ¿qué les queda? Es hermoso. Cuando esa chica ha visto hoy el lío que se estaba montando, ha salido del instituto para tratar de convencer a Amina de que saliera de su escondite; pero esta ya había desaparecido. Esto es lo que hay. En cuanto a los padres de Amina… Yo estuve con ellos y no me dijeron nada. Así que no ignoran que lo que hacen aquí está mal. Eso explica también que tardaran dos días en avisar a la policía. Estaban asustados antes y lo están ahora. Todo se nos ha ido de las manos, a ellos y a nosotros.

—¿Qué cree que dirán?

1 **un combate** lucha – 2 **la orografía** lugar con montañas – 3 **cortar una calle** bloquear – 5 **la prisa** Eile – 9 **un escaparate** *Esp* cristal de una tienda – 10 **un recodo** curva – 11 **toparse** encontrarse – 12 **el ulular** Heulen – 15 **pendiente de** atento a – 19 **refrescar a up la memoria** recordar uc a up – 26 **fallar a up** no ayudar a up – 34 **irse uc de las manos** descontrolarse

—De momento, nosotros diremos la verdad, y que podrían perder a su hija de acuerdo a la ley española. Puede que lo nieguen, puede que nos echen de su casa, aunque no lo creo; y puede que entiendan de qué va esto, que es lo que pienso que va a pasar. Luego habrá que dar con Amina, que a fin de cuentas es lo importante. ¿Le parece?

Jacinto Gonzalvo asintió con la cabeza sonriendo.

—¿De qué se ríe? –quiso saber ella.

—Es una mujer de carácter.

Sabía que así era, pero que se lo dijera él la hizo reflexionar. De todas formas, no tuvo mucho tiempo. Habían llegado a la calle en la que vivía Amina.

—Es aquí.

El policía detuvo el coche frente a la puerta de la casa de la familia El Hachmi.

3 **negar** decir que no, que uc no es cierta

31 Jueves por la noche

Ya no se oía nada procedente del pueblo.

Una tensa calma lo envolvía todo, y el silencio, lejos de presagiar la paz, lo que proporcionaba al conjunto era la irreal sensación de pausa en mitad de la tormenta. El ojo del huracán estaba encima de sus cabezas. Y aunque la tempestad se deshiciera, quedarían sus efectos, las consecuencias, las heridas abiertas que buscarían una difícil cicatrización a lo largo de un tiempo en el que no faltarían nuevas tensiones.

Todos recordaban lo sucedido una década antes, lo que los políticos catalogaron con eufemismo como "hechos aislados".

Ya no había "hechos aislados". ¿No hablaban de globalización? Pues entonces la violencia en el pueblo tenía que sacudir conciencias en otras partes, lo mismo que la violencia de esas otras partes los alcanzaba a ellos.

Estefanía seguía en la ventana, ahora sola, abrazada a sí misma. Jonathan se había ido hacía rato, y su familia estaba en casa. Su padre, su madre y Eduardo. Eso la hacía sentirse segura. Una isla en mitad del océano.

Nunca como hasta ese momento comprendió lo que aquello representaba.

Con todo lo de Amina…

Cerró los ojos y se pasó la lengua por los labios, allá donde aún quedaba la huella de los besos de Jonathan y también su sabor, su aroma. Jamás imaginó que pudiera ser tan dulce y tan hermoso. Ni siquiera sabía si era amor. La palabra era lo de menos. Bueno, imaginaba que sí, pero… no importaba. La sensación que más le gustaba era la de compartir, ser, estar, vivir. Tan sencillo como eso. Apenas si sentía su cuerpo, y su mente flotaba, flotaba, flotaba. Luego estaba el hormigueo en las manos, el nudo en el estómago, el inmenso vacío de su corazón, que acababa de vaciarse para dejar paso a toda una nueva serie de promesas.

Enfrente, lo que más dolía, pero que formaba parte necesaria del proceso: la inseguridad.

4 **presagiar** anunciar uc – 4 **un conjunto** grupo de cosas – 6 **una tempestad** tormenta fuerte – 8 **una herida** Wunde *aquí:* pena, sufrimiento – 8 **una cicatrización** acción de cerrarse una herida – 23 **una lengua** órgano dentro de la boca para hablar – 30 **un hormigueo** Kribbeln – 31 **un nudo** *aquí:* emoción fuerte – 32 **vaciarse** estar vacío – 32 **dejar paso** dejar pasar

No saber nada, pero aferrarse a lo que tenía.

La música de su móvil la arrancó de sus pensamientos. Saltó de la ventana para cogerlo pensando en Jonathan, pero deseando que fuese Amina. En la pantallita vio el número de Berta.

—Hola –la saludó.

—¿Cómo lo llevas?

—No sé –reconoció–. Amina ha vuelto a desaparecer.

—No me extraña, con todo lo que se ha organizado.

—Se lo he dicho a la señorita Cortázar.

—Bienvenida a la realidad.

—Me he quitado un peso de encima –reconoció–. Pero ahora Amina vuelve a encontrarse sola. No tengo ni idea de lo que puede estar haciendo. Y tal y como están los ánimos...

—Habrá vuelto a su casa.

—Ella no es de las que se rinden.

—No creo que sea una rendición. Con el follón que se ha montado ya no van a llevársela, seguro.

—Siento que hayas tenido que soportar esto tu sola –dijo Berta.

—No he estado sola, al menos hoy.

Su amiga no era tonta.

—¿Jonathan?

—Sí.

—¿Y el Ismaelito?

—Que le den.

—Un momento –dejó de oír su voz y escuchó unas palmadas rítmicas que interpretó como aplausos por parte de ella. Luego reapareció Berta–. Felicidades.

—¿No decías que Jonathan era demasiado blando?

—¡Eh, eh, colega! ¡Si me pareciese alto, guapo, enérgico y maravilloso, yo misma habría ido a por él! Lo perfecto entre dos amigas es cuando a una no le gusta nada el novio de la otra.

—Que no somos novios.

—¿Habéis hecho algo que yo no sepa?

—Unos besos.

4 **una pantalla** *dim* lugar donde aparece la imagen – 12 **quitarse un peso de encima** sentirse mejor por decir uc (ein Stein fällt vom Herzen) – 17 **montarse un follón** *Esp fam* haber confusión, desorden – 26 **que le den** *fam vulg* para expresar que ya no te importa uc o up – 27 **unas palmadas** *pl* Händeklatschen – 32 **ir a por up** *fam* intentar flirtear con up

—¡Fiu! –silbó–. No está mal. ¿Y qué?

—Eso es cosa mía.

—¡Ni hablar! Mañana me lo cuentas.

—Solo voy a dejar que pase y ya está, y a ver cómo sale.

—¿A ti? ¡Seguro que genial! Si fuera yo, me saldría mal, porque cuando me enrollo con alguien, a los dos días me da por sentirme agobiada, y prisionera, y me da mal *feeling* y... adiós muy buenas. Pero tú eres una especie de mitad perdida que anda buscando el complemento perfecto. Y mira, parece que lo has encontrado. De momento.

—Eres una cerda –logró sonreír Estefanía.

—Te lo acepto porque del cerdo se aprovecha todo, así que lo tomo como un cumplido.

—Ahora no vayas a tomarle el pelo a Jonathan, que te conozco.

—¡Y dale! ¿Te crees que soy un monstruo o qué? ¡Desde ahora es uno de mis amigos!

—Gracias.

—En serio, me alegro por ti.

—Bueno, no sé.

—Yo sí sé. Saldrá bien, ya lo verás. Y si no... tendrás más experiencia para el próximo.

—¡Berta!

—Mañana te veo, ¿vale?

No hubo más. Tampoco era necesario. A veces discutían con el mundo entero, se sentían ofendidas cuando algunos mayores decían que les faltaba motivación, curiosidad, que la juventud actual carecía de estímulos y estaban como dormidos. No era cierto. Había de todo. Pero lo de Amina significaba algo.

Jonathan se lo dijo: podía sentirse orgullosa.

Los disturbios eran otra cosa. El radicalismo, el rechazo, la xenofobia o las protestas de los magrebíes amparadas en la desaparición de Amina como excusa. Nada de todo aquello tenía que ver con la raíz del asunto.

Por un lado, la rebeldía de Amina, y por el otro, su ayuda manteniéndola en el desván.

Aunque al día siguiente estallase una nueva tormenta cuando se supiese todo.

Pensó en su familia.

Si algo tenían, era que podía confiar en ellos.

1 **silbar** sonido que se produce al pasar el aire por los labios – 8 **adiós muy buenas** expresión de despedida – 13 **un cumplido** halago (Lob, Schmeichelei) – 14 **tomar el pelo a up** *loc* burlarse de up – 16 **¡y dale!** *fam* otra vez

Hablar.

Dejó el móvil sobre la cama y salió de su habitación. Bajó las escaleras hasta la planta baja y se encontró a sus padres viendo la televisión, cambiando de canales por si pillaban más informaciones de lo sucedido en el pueblo. También estaba Eduardo, devorando un bocadillo enorme. Como si su presencia rompiera alguna clase de silencio, Ladislao le dijo:

—Ya se ha calmado todo.

Estefanía llegó hasta él. Le puso una mano en el hombro. Su padre se la palmeó sin volver la cabeza.

—Mañana será mejor que no vayas al instituto... –empezó a decir Constantina.

—Tengo que ir –manifestó ella.

—¿Y si hay más problemas?

—Tanto si los hay como si no los hay, tengo que ir –continuó Estefanía–. Tenemos que ir todos.

Ahora sí la miraron, los tres.

—¿Por qué...? –frunció el ceño su madre.

—Por Amina.

—Han dicho que sigue desaparecida.

—No ha desaparecido –dijo Estefanía–. Nunca desapareció.

—¿Cómo lo sabes?

—Querían casarla a la fuerza en Marruecos, y obligarla a dejar España y los estudios.

Constantina, Ladislao y Eduardo se miraron entre sí. Estefanía era el centro de su atención. Tanto era así, que su padre apagó la televisión utilizando el mando a distancia.

—Amina es mi amiga –dijo ella.

Miró el techo y, más allá de él, hacia el desván.

Sonrió con valor.

—¿Quieres hablar, Estefanía? –le preguntó su madre suavemente, con una mezcla de cariño y firmeza.

—Sí –asintió la chica.

Y se sentó en el sofá para compartir con ellos su propia lucha.

10 **palmear** tocar con la mano – 29 **un techo** Dach – 32 **la firmeza** *aquí:* seriedad, severidad

32 Madrugada del viernes

Había sido un día muy agitado, muy tenso, especialmente duro, por momentos hermoso, y no se extrañaba de que no pudiera conciliar el sueño.

Cerraba los ojos y veía a Amina sola en el desván, soportando el peso de su propia odisea. Los abría y miraba la ventana, allá donde se había besado con Jonathan por primera vez. Volvía a cerrarlos y escuchaba la voz de Berta, y la de la señorita Cortázar, y el ruido de las algaradas callejeras.

Por lo menos, la conversación con sus padres había sido liberadora.

Ningún reproche, ningún aspaviento, únicamente la convicción por parte de los dos de que, si se lo hubiese dicho el primer día, tal vez todo aquello se habría podido evitar. Pero no la culparon ni la juzgaron. Entendieron su valor.

Incluso su padre le dijo que se sentía orgulloso de ella.

Orgulloso por su solidaridad, aunque disgustado por el hecho de que no hubiera confiado en ellos. Así eran sus padres.

Los quería mucho, de ahí que siguiera intentando imaginarse el hogar de Amina con unos padres capaces de entregarla en matrimonio por tradición y a cambio de una dote.

No conseguía conciliar el sueño. Sus pensamientos saltaban de un tema a otro a una velocidad de vértigo, y sabía que en esas condiciones era capaz de pasar la noche en vela y estar fatal por la mañana. Amina, Berta, Jonathan, el beso, su profesora, sus padres, otra vez Amina, Berta, Jonathan, el beso…

Apartó el embozo de la cama y puso los pies en el suelo. Se resignó, pero no se rindió. Se calzó las zapatillas y salió de la habitación dispuesta a bajar a la cocina para hacerse una taza de chocolate caliente. Eso le calmaría los nervios. Remedios caseros.

Inexplicablemente, no tomó el tramo de escaleras descendente, sino el ascendente, rumbo al desván.

9 **una algarada** disturbio – 12 **un aspaviento** gesto exagerado – 13 **una convicción** → convencer → estar convencido – 24 **de vértigo** *loc* muy rápido – 29 **un embozo** parte de arriba de la sábana que toca la cara – 30 **calzarse** ponerse – 32 **un remedio** solución – 35 **descendente** que baja – 35 **ascendente** que sube

Abrió la trampilla y se orientó en la penumbra. Encontró la linterna de Amina sobre la cómoda y la conectó. El haz de luz barrió las sombras, pero ella no se movió de donde estaba. Se arrodilló y abrió aquel cajón lleno de cartas.

La memoria de su abuela. El testamento de su abuelo.

Acarició todo aquello igual que si, de pronto, fuesen de satén.

Tenía que leer aquellas cartas.

Lo haría inmediatamente, cuando todo terminase.

Si terminaba.

Suspiró sin saber qué estaba haciendo allá arriba y cerró el cajón de la cómoda. Cuando se puso en pie, se dirigió hacia la cama en la que su Amina durmió las últimas cuatro noches.

Se preguntaba cómo se sentiría y cómo dormiría ella en una cama extraña de un desván lleno de muebles viejos, cuando el haz de luz de la linterna iluminó el papel.

Se aproximó a la cama y lo tomó con la otra mano.

Casi se quedó sin aliento al comprender que era algo escrito por Amina.

Vaciló un instante, el tiempo de comprender que era mejor regresar a su habitación y leerlo allí con calma. Se llevó su linterna hasta la trampilla, la dejó en el suelo por si volvía a subir y descendió las escaleras hasta guarecerse en su pequeño universo particular. Una vez en él, abrió la luz y desplegó aquella cuartilla escrita con letra menuda y pulcra.

Sus ojos desfilaron por ella mientras su mente asimilaba cada una de aquellas palabras, primero atropelladamente, después más despacio, hasta acabar siendo un suspiro.

Oía la voz de Amina en su cerebro:

Me gustaría expresar todo lo que siento en mi corazón en este momento, después de estos días, y no sé cómo hacerlo, ni si tendré la fuerza necesaria para alimentar con palabras todos estos sentimientos que me dominan.

Desde que el domingo pasado tomé la decisión de huir de mi destino, me he sentido prisionera de mi voluntad, libre pero tan esclava como antes, y, por encima de todo, perdida como si ya no perteneciera a ninguna parte. ¿Qué soy? ¿Quién soy? Me llamo

2 **un haz** *s* Lichtbündel – 3 **barrer** *aquí* eliminar – 4 **arrodillarse** niederknien – 20 **vacilar** dudar – 23 **guarecerse** protegerse, refugiarse – 24 **particular** privado – 24 **desplegar** entfalten – 25 **una cuartilla** una hoja de papel (1/4 de hoja) – 27 **atropelladamente** de forma rápida y *torpe* (ungeschickt)

Amina El Hachmi, nací en Marruecos, soy española desde hace muchos más años de los que pueda recordar, y siempre me he sentido feliz de pertenecer a un mundo aunque viviera en otro.

Ahora tengo miedo de ganar algo y perder algo, pues sé que difícilmente saldré indemne de esta lucha.

Padres, os quiero, os quiero mucho, pero debo sentir que el destino me pertenece, aun siendo mujer y debiendo obediencia y respeto. No quiero haceros daño, no es mi intención. Pero no puedo permitir que me lo hagáis vosotros a mí en vuestra inconsciencia, o lo que sea que os mueve a tomar la decisión de privarme de mi libertad. Oh, sí, la libertad. Es una extraña palabra. ¿Dónde comienza? ¿Dónde termina? ¿Qué precio hay que pagar por ella? Si ese precio es la vida, ¿de qué sirve entonces la libertad? Tal vez la clave sea esa: que es mejor morir libre que vivir esclava. Yo no le pido demasiado a la vida, apenas nada. Pero sí exijo mi libertad por el simple hecho de que ahora la conozco y puedo mirarla a la cara y reconocerla. Padres, nosotros venimos de un mundo diferente a este, ni mejor ni peor, solo distinto. Pero no se le puede dar un vaso a un sediento sin decirle además en qué lugar está el agua. Vosotros sois mi vaso, pero el agua está en este país. Ya no puedo separarlos.

Madre, te pregunté no hace mucho qué era el amor, y me dijiste que un concepto arcaico, un sueño, una quimera. Me dijiste que el amor no existe, que es una imposición de los sentidos cuando enloquecen y pierden la razón, olvidando las enseñanzas de Alá. Me dijiste que las personas se enamoraban brevemente y, a impulsos de su pasión, cometían las locuras más inverosímiles, para despertar un día, a las pocas semanas, meses o años, y darse cuenta de que el amor no existe, pues la vida es muy larga y lo importante es llegar a su final con orgullo. Eso me dijiste, madre. Pues bien, ahora déjame que te diga que estás equivocada. No sé lo que es el amor, no lo he sentido, pero sí sé qué es la tristeza, y no quiero que me condenéis a ella uniéndome al viejo Tarif en Marruecos. Y aunque, como te digo, no sé lo que es el amor, sí puedo decirte por lo menos que lo he visto y he sabido de él, y hasta me ha clavado su lanza en el corazón. Durante estos días he leído las cartas de un hombre que por amor soportó diez años de guerra y cárcel, privado de

5 *salir* **indemne** sin sufrir daño o consecuencias – 7 **la obediencia** → obedecer (hacer lo que up dice) – 11 **privar a up de uc** quitar a up uc que le gusta – 19 **un sediento** up que tiene sed – 25 **enloquecer** volverse loco – 28 **inverosímil** uc difícil de creer – 36 **clavar** introducir uc con *punta* (Spitze) en up o uc

su libertad y de todo contacto con su amada. Y he sabido de la espera de la mujer que las recibía aferrándose a ellas como si fuera lo único que le quedaba en el mundo. Uno y otra supieron resistir y vencer. Uno y otra decidieron que nada ni nadie podría destruir lo único que los mantenía vivos. Uno y otra ganaron y merecieron el derecho de convertir su esperanza en tiempo. Han pasado los años, y hoy permanecen olvidados. Esas cartas están en el fondo de un cajón, y probablemente ni siquiera han sido leídas desde entonces. Hasta hoy. Quién sabe si, tal vez, su última misión ha sido que llegaran a mis manos para ayudarme a saber qué estoy haciendo y por qué. Su historia me ha hecho comprender lo hermosa que es la vida cuando se ama. Necesito ser como Javier Vidal, fuerte para no ceder. Necesito ser como Catalina Prats, libre por amor.

Hasta hace unos días también me sentía sola. Hoy tengo una hermana, Estefanía, la nieta de Javier y Catalina, mi amiga. No solo le debo haber tenido el valor de ocultarme y ser capaz de mantener ese secreto, sino el hecho de haberme dado una parte enorme de sí misma con su calor y su sincera firmeza. Saber que no estamos solos es tan, tan importante…

Y no importa la edad. Quince, cuarenta o noventa años son lo mismo para los que sienten la vida y aman su derecho a vivirla como desean. Estoy segura.

No sé qué sucederá mañana, o pasado, cuando esto termine de una forma o de otra. Pero sí sé lo que siento en mi mente y en mi corazón, en mis manos, mientras escribo esto, en mi voluntad decidida a ser firme, como lo fueron Javier y Catalina.

Así que yo también prefiero ser libre muriendo antes que esclava viviendo.

Perdonadme los que creáis que he hecho algo malo, y recordadme los que sepáis de qué estoy hablando.

No llevaba firma. No era necesario.

Estefanía empezó a llorar, hasta que cerró los ojos, incapaz de soportar tanto dolor.

—Amina –gimió–. No…

Tuvo un miedo atroz, un miedo tan angustioso que se sintió desmenuzar por dentro. Estuvo a punto de salir de su habitación corriendo y gritando, llamando a sus padres,

13 **ceder** rendirse (nachgeben) – 19 **la firmeza** fuerza – 27 *ser* **firme** no cambiar de opinión – 36 **atroz** horrible – 37 **desmenuzar** romper uc en trozos pequeños

aunque ya nada tuviera sentido porque, sin rastro de su amiga, era imposible hacer otra cosa que resignarse a esperar.

¿Y a quién le gusta esperar en la zozobra?

Su cabeza estaba ahora llena de Amina.

La inundaba, la poseía, la dominaba.

Abrió los ojos y la vio.

Amina.

En el árbol, al otro lado de la ventana, observándola.

—¿Amina?

Estefanía reaccionó a duras penas. Se abalanzó hacia la ventana y la abrió de golpe. Tuvo que ahogar el grito que su garganta iba a pronunciar. El grito más liberador de todos.

El nombre de su amiga.

Extendió sus brazos hacia ella, la tomó y la ayudó a pasar de la rama al alféizar. La chica jadeaba por la ascensión del árbol, y tal vez por haber estado corriendo.

Corriendo desde que se había ido de allí, horas antes.

Su voz, y más aún su tono, expresaron lo que sentía cuando se abrazó a Estefanía y exclamó en mitad de un suspiro de rendición:

—Ayúdame a volver a casa, por favor…

Estefanía supo comprender a qué clase de ayuda se refería.

10 **a duras penas** con mucha dificultad – 10 **abalanzarse** ir hacia uc con rapidez y violencia – 15 **un alféizar** marco de la ventana

33 Viernes por la mañana

La música del móvil la sacudió cuando estaba en lo mejor de su último sueño.

Tenía que cambiarla, ponerse otra menos estridente. ¿Cómo se le había ocurrido…?

Lucía abrió un ojo, el izquierdo, y al ver la hora maldijo por lo bajo a medio mundo por haberla interrumpido en mitad del sueño tanto como por el hecho de que aún faltasen veinte minutos para ponerse en pie.

—Oh, no… –jadeó.

Su mente se aclaró de golpe.

Amina, los disturbios, viernes, un fin de semana que podía ser ajetreado.

Se incorporó y lanzó una furiosa mirada de odio al móvil. Temió cogerlo, como si fuese portavoz de malas noticias. La música, mientras, sonaba más y más estridente.

Nadie llamaba temprano para dar buenas noticias. Siempre eran malas.

Se resignó. Alargó el brazo, agarró el minúsculo aparato y se lo llevó al oído mientras formulaba la palabra de rigor:

—¿Sí?

—¿Señorita Cortázar?

—Yo misma –no reconoció la voz.

—Soy Constantina Rosselló, la madre de Estefanía Vidal.

Terminó de despertarse.

—Buenos días –fue lo único que acertó a decir.

—Siento tener que llamarla, y a esta hora –dijo la mujer del teléfono con un poco de apuro no exento de firmeza en la voz–, pero no quería correr el riesgo de que saliera temprano de casa.

—¿Sucede algo?

—Creo que ya no –el tono se hizo más relajado–. Mi hija dice que confía en usted.

—Y yo en ella.

—Por eso me ha pedido que la llamase.

—¿Tiene que ver con Amina?

—Sí. ¿Puede venir a nuestra casa, por favor?

4 **estridente** desagradable – 6 **maldecir** decir malas palabras de up o uc – 6 **por lo bajo** en voz baja – 13 **ajetreado** muy movido – 14 **incorporarse** levantarse – 14 **lanzar** werfen – 20 **de rigor** *loc* obligado – 28 **un apuro** vergüenza – 28 **exento** libre

—Me lavo la cara, me visto y salgo ahora mismo.

—Usted sabrá qué hacer, ¿no es así?

—No se preocupe. ¿Está ella allí?

La pausa fue breve. Imaginó que la madre de Estefanía las tenía a las dos delante.

—Sí –admitió.

—¿Puedo preguntarle cuándo…?

—Esta madrugada. Intentó marcharse, pero comprendió que era absurdo y regresó. Acaban de despertarme hace unos minutos. Y está bien, así que esté tranquila.

—Gracias a Dios –se llevó la mano libre a los ojos–. ¿Puedo hablar con ella?

—¿No prefiere hacerlo aquí?

—Anoche estuve en casa de sus padres. Quería decirle eso, y que no tema nada. No van a obligarla a viajar a Marruecos ni a llevar a cabo esa boda. Ellos saben que la ley española les quitaría a Amina, y no van a arriesgarse a eso.

—¿Les cree? –preguntó la madre de Estefanía.

—Sí –admitió Lucía–. Son padres por encima de todo. Ellos también lo han pasado mal estos días, y me apuesto lo que quiera a que han aprendido la lección. No son unos recién llegados. Ese hombre lleva años en España. Y cuatro días sin un hijo son muchos días. Imagino que estará de acuerdo.

—Lo estoy –escuchó su suspiro al otro lado.

—De cualquier manera, y durante un día o dos, Amina estará bajo custodia en un centro de acogida de la Generalitat, mientras la policía abre diligencias para establecer lo sucedido. Es lo preceptivo.

—Se lo diré, descuide.

—Bien.

—La espero –fue a colgar.

—Oiga –la detuvo Lucía–, quiero decirle algo que después no podré mencionar en voz alta estando ella delante.

—¿Qué es?

—Tiene usted una hija estupenda, señora. Espero que no…

—No, tranquila. Yo también creo que lo es.

—Hasta ahora.

8 **una madrugada** amanecer – 16 **llevar a cabo** loc realizar uc – 26 **estar bajo custodia** estar protegido – 26 **un centro de acogida** lugar donde se da protección a up – 26 **la Generalitat** *cat* organismo que gobierna en comunidades autónomas donde se habla catalán o valenciano – 27 **una diligencia** acción que se hace para solucionar un problema – 27 **establecer** *aquí:* aclarar – 33 **mencionar** decir

Cortó la comunicación, pero no dejó el móvil en la mesita de noche. El inspector Gonzalvo le había dado su número privado por si tenía noticias. Recogió aquel pequeño papel en el que lo anotó y, tras aclarar su vista, lo marcó despacio.

Jacinto Gonzalvo también se acababa de despertar. –¿Sí?

—Buenos días.

—¿Quién…? –le oyó murmurar.

—Lucía Cortázar.

—Oh, perdone –cambió su tono.

—Siento haberle despertado.

—Los policías nunca dormimos –bromeó sin muchas ganas antes de agregar–: Deme buenas noticias, por favor.

—Amina ha vuelto a la casa de la chica de la que le hablé anoche, Estefanía Vidal. Acaban de llamarme. Estaré allá en quince minutos.

—¿Habla en serio?

—Completamente.

—Menos mal –suspiró el policía de forma generosa.

—¿Se reunirá conmigo y con ella en alguna parte?

—Yo informaré a sus padres. Pondré en marcha las diligencias oportunas. ¿Por qué no espera en casa de la familia Vidal, hasta que la llame y le diga algo?

—De acuerdo.

Le dio el número y las señas. La conversación había sido muy rápida, muy directa. Era el penúltimo acto del problema, de la historia, de su relación.

Entonces se dio cuenta de que lo sentía.

Por él.

Es decir, por ella.

Jacinto Gonzalvo era un buen tipo.

—Señorita Cortázar.

—Sí, diga.

—Me habría gustado tener una profesora como usted.

—¿Está seguro?

—Era un completo inútil en matemáticas.

—Ya, pero yo soy de lengua y literatura.

—Da lo mismo. Sus alumnos tienen mucha suerte.

—Gracias, señor policía.

Los dos se echaron a reír. Unos breves segundos de distensión.

20 **poner en marcha** activar, hacer que empiece a funcionar uc – 25 **penúltimo** antes del último – 40 **la distensión** disminución de la tensión

Entonces él dijo:

—¿Puedo llamarla cuando todo esto haya pasado?

—Pruébelo –dijo ella.

—Lo haré –aseguró Jacinto Gonzalvo.

Era lo que menos esperaba, pero un minuto después de colgar el teléfono, aún sorprendida y boquiabierta, sobre todo por lo que pensaba antes de que él le dijera aquello, Lucía logró reaccionar, saltar de la cama y empezar a correr para volar a casa de Estefanía Vidal a por Amina.

6 **boquiabierto** con la boca abierta, sorprendido – 8 **volar** *aquí:* irse rápidamente

34 Viernes por la tarde – Sábado por la mañana – Sábado por la tarde

A mediodía, los informativos dieron la noticia del hallazgo de Amina El Hachmi, sana y salva, destacando con fuerza los motivos de su escapada. Los disturbios de San Marcial de la Roca ocuparon todas las cabeceras de los telediarios y volvieron a poner sobre la mesa el "problema" de la inmigración. Como diez años antes en el pueblo, las frases fueron las mismas. Se habló de las deplorables condiciones de vida de los inmigrantes, de su situación de ilegalidad, de las mafias empresariales que los explotaban y de muchas otras cosas de distinto calado. También se mostró a un grupo de jóvenes con las caras tapadas lanzando consignas xenófobas. El balance de heridos era menos grave del esperado. Ningún muerto. Casas de inmigrantes quemadas y otra docena de detenidos.

El pueblo, tomado por los medios de comunicación, era un hervidero. Había tantos periodistas, fotógrafos y cámaras, casi, como habitantes, así que nadie se quedó sin su minuto de gloria. En el Ayuntamiento, el pleno convocado de urgencia tomó "medidas excepcionales" para frenar la violencia y reconducir la situación. El presidente de la Comunidad y varios de sus adláteres se pasaron por el lugar con manifestaciones de concordia y paz, haciendo además lo que mejor sabían hacer: promesas.

Se les recordó a todos que, diez años antes, ya se habían producido disturbios. La respuesta fue: «Hemos aprendido y hemos madurado en este tiempo». Alguien, a lo lejos y fuera de cámara, gritó: «¡Hasta dentro de otros diez años, o menos!».

Aquella noche nadie salió a la calle en el pueblo. Se convocó para el domingo una manifestación pacífica y de repulsa por las agresiones racistas. Nadie pudo entrevistar a Amina. Nadie pudo entrevistar a sus padres. Ni la profesora que había descubierto la verdad ni la amiga en cuya casa había

6 **una cabecera** comienzo, inicio – 9 **deplorable** lamentable – 12 **el calado** importancia – 13 **xenófobo** que muestra odio hacia los extranjeros – 17 **un hervidero** lugar con mucho movimiento y actividad – 19 **la gloria** *aquí:* fama – 19 **un pleno** reunión – 19 **convocar** llamar a varias personas para reunirse en un lugar – 22 **un adlátere** *despect* up que siempre está junto al jefe y hace lo que le dice – 30 **una repulsa** rechazo – 34 **salir a la luz pública uc** conocerse uc oculta

estado escondida salieron a la luz pública. Alguien de la Administración dijo que Amina El Hachmi estaba internada en un centro de acogida hasta que se aclarara el caso, pero adelantó la voluntad de la adolescente para volver a casa y el compromiso de sus padres de que no la obligarían a regresar a Marruecos. Eso fue todo.

El sábado, los titulares de los periódicos eran para todos los gustos, dependiendo de sus tendencias. Los contenidos variaban: editoriales, análisis particulares y generales, estadísticas, cifras, un alud de información desmenuzaba el estado actual de la inmigración en España y en Europa. En algunos rincones de las primeras páginas, también se citaban aspectos particulares del caso, como las costumbres de casar a las niñas, el pañuelo en la cabeza, la ablación de clítoris y muchos más, para significar "el hecho diferencial".

En aquellas portadas alarmistas, o meramente impactantes, no aparecía Amina.

De pronto, ya no existía.

El detonante accidental de los incidentes quedaba en segundo plano porque, a fin de cuentas, el problema seguía siendo el mismo.

Sí se hablaba de ella dentro de las páginas de cada periódico, como complemento feliz a la noticia que había disparado el tema. Allí se hablaba de su zozobra de niña enfrentada a la injusticia, de su caso nada excepcional, con el toque humano necesario. Nada más.

El sábado a mediodía, Amina regresó a su casa. El reencuentro con sus padres fue emotivo aunque callado. No hubo declaraciones. Las cámaras apostadas a la puerta apenas captaron unas formas ocultas y sin rostro que descendieron de un coche y se metieron en la sencilla vivienda.

Pasados dos días, nadie se acordaría ya de ella, ni de San Marcial de la Roca, y la vida volvería a la normalidad.

Aquel sábado, ya por la tarde, Amina llamó a Estefanía.

—Estoy en casa.

—Me alegro.

9 **un alud** *aquí:* multitud (mucha gente) – 11 **un rincón** espacio pequeño – 18 **un detonante** *aquí:* motivo, causa – 24 **un toque** característica, matiz – 28 **apostado** colocado, puesto – 29 **captar** tomar una imagen

—Gracias otra vez.

—¿Estás bien?

—Sí, de verdad.

—Hablaremos el lunes.

—Vale –lo dijo como solía decirlo, aspirando un poco la “a”.

Estefanía sonrió.

Cuando acabó la conversación, guardó el móvil y volvió a dejar que Jonathan la agarrara de la mano.

7 **agarrar** coger

35 Lunes por la mañana

Cuando Amina entró en clase, se produjo un gran silencio. No faltaba nadie. Estaban todos, los veintisiete. Y habían llegado un poco antes, precisamente para arroparla y estar con ella. Ninguno quiso quedar al margen.

Lucía Cortázar los miró atentamente.

Tal vez hubieran aprendido algo. Tal vez aquel tercio que mostraba inclinaciones racistas y xenófobas aún pudiera ser reconducido. Tal vez en la vida sucedían cosas constantemente para evitar que la gente se durmiera. No estaba muy segura.

Amina parecía un poco más pálida y cansada, solo eso. Su timidez natural se puso a prueba al ver aquel recibimiento.

Bajó los ojos al suelo. Su pañuelo blanco, su eterna túnica caída de cuello a pies, su figura de adolescente sacudida por la tensión de toda aquella semana…

Llegó a su mesa despacio. Lo primero que vio en ella fue aquel texto escrito en el desván de la casa de su amiga. Abrió los ojos y volvió la cabeza buscándola.

Se encontró con la sonrisa de Estefanía.

Y las dos se sintieron hermanas.

Fue entonces cuando Berta empezó a aplaudir.

Una palmada, dos, tres, cada vez más fuertes y rítmicas, como si arrancaran desde lo más profundo de su ser y cogieran fuerza.

La segunda que aplaudió fue su profesora.

Después, Estefanía y el resto.

Aplausos por ella, por mucho más de lo que pudieran entender.

Aunque ahora sí lo sentían.

Cuando la ovación fue cerrada, Amina se sentó en su silla, incapaz de mantenerse en pie. Pero entonces sí levantó la cabeza, con orgullo, mientras sus manos acariciaban aquel texto escrito el día que decidió tomar las riendas de su vida.

Nadie la había aplaudido jamás. Probablemente, nadie volvería a aplaudirla jamás.

O tal vez sí.

Tenía mucho por delante.

Y estaba decidida a no detenerse nunca.

4 **arropar a up** *aquí:* proteger – 12 **poner a prueba** probar – 30 **una ovación** aplauso ruidoso de un grupo de personas

Créditos

Todas las frases y titulares de los periódicos que aparecen a lo largo de esta novela son reales, y han sido extraídos de los diversos medios de comunicación editados en España en los últimos años. Los fragmentos del editorial final del capítulo 8 fueron publicados por *El País* de fecha 2 de julio de 2002. Mi gratitud hacia ellos.

Jordi Sierra i Fabra

El autor y su obra

Jordi Sierra i Fabra nació en Barcelona el 26 de julio de 1947. Tiene una clara y firme vocación de escritor desde muy joven, pues confiesa que dio sus primeros pasos con tan sólo ocho años de edad. Con doce escribió su primera novela larga, de quinientas páginas. Sus padres se mostraron poco entusiasmados con esta actividad, puesto que no confiaban en la profesión de escritor como un trabajo con futuro. Cuando terminó el bachillerato empezó a trabajar en una empresa de construcción. Tuvo sus primeras incursiones profesionales en la música, otra de sus grandes pasiones. Fue uno de los fundadores del programa de la Cadena Ser "El Gran Musical", y en 1970 abandonó los estudios para convertirse en comentarista musical, lo que le permitió viajar por todo el mundo con grupos y artistas del momento para cubrir sus actuaciones y escribir reportajes. Igualmente fue uno de los miembros fundadores de la revista Super Pop en 1977, dedicada a la música joven. En 1978, y tras nueve años, dimitió del puesto de director de Disco Expres, y fue finalista del Premio Planeta de Novela.

Su dedicación a la literatura se incrementó entonces. En 1981 logró el Premio Gran Angular de literatura juvenil por *El cazador*, y el éxito se repitió dos años más tarde con *En un lugar llamado tierra*. Volvió a hacerse con él en 1990 con *El último set*. A lo largo de su carrera ha obtenido cuantiosos galardones, como el Premio Barco de Vapor de literatura infantil (2010), el Ateneo de Sevilla en 1979, Premio Edebé de Literatura Infantil (1993) y el de Literatura Juvenil (2006), el Premio A la Orilla del Viento de México (1999) y el Premio Nacional de Literatura Infantil y Juvenil en 2007, entre muchos otros. Ha impartido numerosas charlas sobre literatura infantil y juvenil, ocupación que sigue desarrollando aún hoy en centros de enseñanzas, bibliotecas y otras instituciones de España e Hispanoamérica. Cuenta con la Fundación Jordi Sierra i Fabra, creada en pos del fomento de la lectura y de la escritura entre los más jóvenes, la cual, desde 2006, entrega el premio literario que lleva su nombre para jóvenes escritores. Sus obras se sumaron una tras otra, al igual que los reconocimientos que ha cosechado a lo largo de su carrera. Algunos de sus libros han sido adaptados al teatro y al cine, y es uno de los autores más vendidos en nuestro idioma. Entre sus trabajos también encontramos numerosas biografías de artistas internacionales de rock como John Lennon, Michael Jackson, Bob Dylan, The Beatles o The Rolling Stones.

Abreviaturas y símbolos

adj = Adjektiv, adjetivo
adv = adverbio
aquí: = señala un significado específico de la palabra en el contexto
aum = aumentativo
cat = catalán
coloq = coloquial
cul = cultismo (bildungssprachlich)
despect = despectivo
dim = diminutivo
Esp = peninsularismo, expresión del español de la Península Ibérica
etc = etcétera
etw = etwas
f = femenino
fam = lenguaje familiar
fig = lenguaje figurativo
INF = infinitivo
interj = interjección (Ausrufewort)
irón = irónico
jmd = jemand
jmdm = jemandem
jmdn = jemanden
loc = locución, giro idiomático
m = masculino
p ej = por ejemplo
pl = plural
ref = refrán (Sprichwort)
s = singular
SUBJ = subjuntivo
SUBS = substantivo
uc = una cosa, algo
up = una persona, alguien
vulg = expresión vulgar
≠ = contrario de
→ = remite a una palabra ya conocida